LE VIEUX CAPORAL

DRAME EN CINQ ACTES

PAR

MM. DUMANOIR ET D'ENNERY

REPRÉSENTÉ POUR LA PREMIÈRE FOIS A PARIS, SUR LE THÉATRE DE LA PORTE SAINT-MARTIN, LE 9 MAI 1853.

DISTRIBUTION DE LA PIÈCE.

[C]APORAL SIMON	MM. FRÉDÉRICK-LEMAITRE.
[G]ENERAL ROQUEBERT	ANATOLE.
[TAVE]RNY, commissaire des guerres	LUGUET.
[...]D, chasseur à cheval	H. VANNOY.
[PIGO]CHE, conscrit	BOUSQUET.
[...]E FROCHARD	BIGNON.
[...]N, fils de Simon	A. BARON
[...]HON, jeune paysan	VALNAY.
[...]OND, notaire	PEUPIN.
[AI]DE DE CAMP	EDOUARD.
UN OFFICIER D'ORDONNANCE	MM. DORVILLE.
UN SOLDAT	CHATEAU.
UN DOMESTIQUE	HENRI.
MINA DE RANTZBERG	Mmes LUCIE-MABIRE.
CATHERINE, femme de Simon, vivandière.	ASTRUC.
EMMELINE, fille de Mina, âgée de 4 ans.	La petite MARIA-FRANK
GENEVIÈVE, sœur de Lucien	LIA-FÉLIX.
MARIOTTE, paysanne	DELPHINE BARON

Garde impériale, Chasseurs à pied, Soldats de ligne, Domestiques du général, Soldats autrichiens, Paysans et paysannes, Domestiques.

ACTE I.

[...]rès d'Ulm. — A gauche, sur le devant, la tente du général [...]t. — Une table recouverte d'un tapis et tout ce qu'il faut pour [...] Une petite lampe allumée. — A droite et au fond, des fusils [...]ux.

SCENE I.

[...]L ROQUEBERT, *sous sa tente, assis près de la petite* [...]N AIDE DE CAMP, *debout près de lui*; TAVERNY, PI-[...], *à droite, mangeant à la gamelle. Une Sentinelle devant* [...] *A droite, sur le devant, deux groupes de soldats qui* [...] *soupe; d'autres sont debout autour d'une gamelle et* [...]t.

ROQUEBERT, *à son aide de camp.*

[D]épêche au quartier général... au premier appel de [...]r, je m'y rendrai moi-même. (*L'aide de camp s'éloigne.*)

PIGOCHE, *la bouche pleine.*

[Gou]rmand, tu avales deux bouchées contre moi une!... [je me pl]aindrai à l'Empereur!

UN SOLDAT.

Est-il gourmand, le Parisien!

TAVERNY, *venant du fond, se présentant à la sentinelle.*

Le général Roquebert?...

ROQUEBERT, *se levant.*

Ah! c'est vous, Taverny?... entrez, entrez!

TAVERNY.

Général... je viens vous faire mes adieux.

ROQUEBERT.

Vous partez, mon cher?... Eh! qui diable nourrira l'armée, si notre commissaire des guerres nous quitte?... Vous allez?...

TAVERNY.

A Munich, pour renouveler mes approvisionnements... je viens de recevoir, du général en chef, ce laissez-passer, qui me permettra de traverser les avant-postes.

ROQUEBERT.

Prenez garde de donner dans quelque détachement ennemi!... car ces diables d'Autrichiens font autour de la ville des manœuvres... sournoises, auxquelles je ne comprends rien

TAVERNY.

Ce qui me paraît plus incompréhensible encore général, c'est votre position isolée, avec la moitié de votre brigade, à quatre lieues du quartier-général.

ROQUEBERT.

Telle est la mission que l'Empereur lui-même m'a donnée... et avec lui, vous savez, il ne faut pas chercher à comprendre... on ferme les yeux, on marche en avant... et on arrive toujours.... — « Général Roquebert, m'a-t-il dit, transportez-vous sur ce point, à trois portées de fusil d'Ulm, et formez-y un camp... On vous attaquera, vous riposterez mollement, et vous battrez en retraite en entraînant l'ennemi de ce côté... »

TAVERNY.

Battre en retraite!... et c'est à vous, général, qu'on a donné un pareil ordre!... on veut donc changer vos habitudes?

ROQUEBERT.

Attendez!... « Vous n'aurez que quinze cents hommes sous vos ordres, a-t-il ajouté, et vous aurez peut-être quinze mille Autrichiens sur les bras... L'affaire sera rude, vous ne rentrerez pas tous au quartier-général... mais vous aurez ménagé à l'armée une grande victoire... » Ceci était plus attrayant, qu'en dites-vous?

PIGOCHE, *à droite.*

Ah! qu'est-ce que je sens dans ma cuiller?... c'est lourd, ça doit être bon... Tiens! c'est une cartouche!

TOUS.

Ha! ha! ha! ha!

PIGOCHE.

Il paraît qu'on manquait de sel, et on a poudré la soupe... Ah! pristi! que je regrette Montmartre, ma belle patrie! (*Pendant ce qui précède, Roquebert et Taverny se sont assis et ont continué à causer.*)

TAVERNY.

Diable!... ce que vous me dites là va m'inquiéter, mon cher ami... Si vous alliez...

ROQUEBERT.

Etre tué?... allons donc!... j'ai besoin de vivre encore... et j'y tiens... Qu'ai-je fait, depuis que j'ai quitté mon village?... je n'ai été occupé qu'à gagner mes grades... L'Empereur m'a donné, près de Saint-Laurent, où je suis né, une terre de cinq cent mille francs... Eh bien! je n'ai même pas eu le temps de la visiter... Il me semble pourtant que j'y vivrais bien heureux!... et c'est mon rêve, voyez-vous... là, dans ma riante vallée, au pied de notre antique Chartreuse... avec ma femme, mon enfant!...

TAVERNY, *riant.*

Diable! une femme, un enfant!... Saint-Laurent, la vallée, la Chartreuse, soit... ils sont là et vous attendent... Mais le reste... est à venir...

ROQUEBERT, *confidentiellement.*

Et... si c'était venu?...

TAVERNY.

Que dites-vous?

ROQUEBERT, *se rapprochant.*

Quel métier est le nôtre!... nous parcourons l'Europe avec une telle rapidité, que nous n'avons pas le loisir d'ouvrir notre cœur à nos meilleurs amis... Oui, mon cher Taverny, oui, c'est venu... ou à peu près... Une vraie conquête de soldat, à laquelle il manque encore, comme à celles de l'Empereur, le consentement de quelqu'un... à lui, d'un roi... à moi, d'un père...

TAVERNY.

Je comprends.

ROQUEBERT.

C'est à Stuttgard... où j'étais en mission, il y a quatre ans... que j'ai connu, aimé en secret une jeune fille, appartenant à une des plus grandes familles de la Bavière... Eh! tenez, de Munich, où vous allez... C'est à Stuttgard que je l'ai laissée, près de sa tante, après avoir à peine embrassé... notre enfant... (*Mouvement de Taverny.*) Et vous croyez que je puis être tué, que je puis mourir, à trente ans!... Non pas, mon cher, non pas!... j'ai à rendre l'honneur à celle qui n'est encore ma femme que devant Dieu... j'ai mon enfant à légitimer... c'est-à-dire, un trop grand devoir à remplir, un trop grand bonheur à goûter... et tout cet avenir ne peut être à la merci d'un boulet autrichien... (*Se levant.* Disons-nous donc, non pas adieu, mais au revoir!

TAVERNY, *marchant près de lui.*

Au revoir donc, général... au revoir, après la guerre, sur votre domaine impérial!

ROQUEBERT.

Quoi! vous partez déjà?

TAVERNY.

Je vais voir si ma voiture et mes fourgons sont prêts... me reste quelques minutes, je reviendrai vous serrer la m

SCENE II.

LES MÊMES, L'AIDE DE CAMP.

ROQUEBERT.

Vous, commandant?...

L'AIDE DE CAMP.

Général... j'allais monter à cheval, quand une cha poste a été arrêtée par nos sentinelles avancées... une dame en est descendue, et a demandé à parler au génér quebert.

ROQUEBERT.

A moi!... une dame?... que signifie?...

L'AIDE DE CAMP.

Je l'ai amenée, général... et, si vous permettez...

ROQUEBERT.

Qu'elle vienne.

TAVERNY.

Je vous laisse. (*Une dame voilée paraît au fond, à gau L'Aide de camp la conduit vers Roquebert. — Taverny s' et sort à droite.— Roquebert fait un signe à l'Aide de ca s'éloigne par la gauche.*)

SCÈNE III.

ROQUEBERT, MINA.

MINA, *levant son voile.*

Gaston... c'est moi!

ROQUEBERT.

Mina!... toi!... toi ici!... (*Il l'introduit vivement d tente et la fait s'asseoir.*) Mais elle!... notre enfant! fille!...

MINA.

Rassure-toi... elle est là... confiée à ma bonne tante, q accompagne.

ROQUEBERT, *l'embrassant.*

Ma fille!... ma femme!... près de moi!... Mais, comm que s'est-il passé?... Pourquoi as-tu quitté Stuttgard!...

MINA.

Tu ignores donc...

ROQUEBERT, *s'asseyant près d'elle.*

Quoi?

MINA.

Que Stuttgard est tombé au pouvoir du corps d'armée réchal Ney?... En même temps, une lettre de mon pèr avait prévu cet événement... me prescrivait, ainsi qu'à m de nous rendre immédiatement à Munich, près de lui teur de Bavière est demeuré le fidèle allié de la Fra disait-il; sa capitale est le seul refuge qui soit à l'abri de de l'invasion... » J'ai obéi, je suis partie.

ROQUEBERT,

Avec notre fille!... (*Inquiet.*) Mais, cette enfant...

MINA.

Aux yeux d'une famille irritée, c'est ma honte, c' crime, je le sais... N'importe!... pour elle, j'aurais brav la juste colère de mon père!... Mais mon père est affa l'âge et par la maladie... la vue de notre enfant porterai nier coup à cette vie chancelante... J'aurais accepté la ses mains... je ne veux pas le tuer!... Ma tante, ma mère, voulait confier notre enfant aux soins de braves d'Ulm...

ROQUEBERT.

Ulm!... Mais quelle ville d'Allemagne n'est exp ravages, aux désastres de la guerre?... Non! ce n'est p nich, ce n'est pas à Ulm qu'il faut conduire notre enfan à moi, c'est à moi seul qu'il faut la confier!

MINA, *se levant.*

C'est ce que je viens faire.

ROQUEBERT.

Oh! merci!... merci!...

MINA.

Le plus sûr asile, dans ces temps de guerre, c'est la te général français... Ah! oui, Gaston... c'est mon cœur inspirée!... Lorsque je subis cette horrible nécessité d pater de ma fille, puis-je la remettre à un autre père?... (*Pleurant.*) Oh! tu l'aimeras bien, n'est-ce pa chère enfant?... Tu la consoleras de sa mère absente?

ROQUEBERT, *la serrant contre sa poitrine.*

sa mère, qu'un avenir prochain lui rendra... Oui, crois-moi, pereur est las de cette guerre, et un jour... bientôt... toi, ille, vous porterez un nom, moins illustre que celui de ta le, mais respecté et honoré de tous... Je te l'ai juré, Mina, n'ai jamais trahi un serment... Mais, mon enfant! ma ... je veux la voir, l'embrasser!...

SCENE IV.

MÊMES, UN OFFICIER D'ORDONNANCE, *suivi de* PICARD, *en uniforme de chasseur.* (*Guide de la garde.*)

L'OFFICIER, *présentant une dépêche.*

ur le général Roquebert.

ROQUEBERT.

nnez, capitaine. (*L'Officier lui remet la dépêche et s'éloigne elques pas.*)

MINA, *avec un peu d'effroi.*

tte dépêche !... un ordre, sans doute !...

ROQUEBERT.

bien ?

MINA.

a me fait trembler !... Si plus tard, les nécessités de la e te séparait de notre enfant?..,

ROQUEBERT.

ssure-toi... N'ai-je pas près de moi le plus fidèle le plus é des amis !... ce soldat qui ne me quittait pas à Stutt- ..

MINA.

non ?

ROQUEBERT.

, Simon... pour qui son général est resté l'ami d'enfance equel il a quitté notre village, le sac sur le dos, près du- l a tiré son premier coup de feu.. Simon donnerait sa vie moi, comme il la donnera pour notre enfant, quand il la ltra!... Tout à l'heure, je le ferai appeler; je lui dirai tout, pourras lui confier Emmeline comme à un second père!

MINA, *rassurée.*

vais donc la chercher... puis...

ROQUEBERT, *avec émotion.*

, tu partiras !... Mais toi-même, comment espères-tu tra- tout ce pays en feu, qui nous sépare de Munich?... Tu être arrêtée à chaque pas... à moins qu'un sauf-conduit si- u général en chef... (*Apercevant tout à coup Taverny, qui t, et comme frappé d'une idée soudaine.*) Non!.... mieux !...

SCENE V.

LES MÊMES, TAVERNY.

TAVERNY.

éral...

ROQUEBERT.

erny... je réclame de votre amitié un signalé service!

TAVERNY.

ez...

ROQUEBERT.

ame se rend à Munich... seule... sans protection...

TAVERNY.

ame?... (*Bas.*) C'est elle !

ROQUEBERT.

romettez-vous de lui servir de guide, de défenseur, et de uitter qu'au palais du comte de Rantzberg?

TAVERNY.

ame, je remercie le général d'une mission dont je suis x et fier... (*Bas à Roquebert.*) J'ai deviné... et je com- tous vos rêves.

ROQUEBERT, *bas.*

tenant, Mina...

MINA, *resignée.*

is chercher Emmeline, et je te l'amène...

ROQUEBERT.

oui, qu'elle vienne !... je vous attends !—Taverny, veuil- mpagner madame jusqu'à sa voiture... et sans adieu...— ne, je suis à vous. (*Taverny et Mina sortent.*)

SCENE VI.

ROQUEBERT, L'OFFICIER D'ORDONNANCE.

ROQUEBERT, *ouvrant la dépêche.*

Empereur !

L'OFFICIER.

pêche paraît pressée, mon général... aussi, je suis venu d'un tel train, que le cheval de mon cavalier d'ordonnance est tombé épuisé en arrivant.

ROQUEBERT, *lisant rapidement des yeux,*

L'ordre de me rendre au quartier général sans retard!... — « Au nom de votre devoir, au nom de votre honneur, ne perdez pas une minute!...» Le sort de l'armée tout entière dépend peut-être!... (*Il s'élance vers la tente pour y prendre son chapeau, et s'arrête tout à coup.*) Et Mina!... et ma fille!.. (*Aux soldats.*) Le caporal Simon!... Qu'il vienne!... à l'instant!... (*A l'officier.*) A cheval, capitaine, à cheval! (*Aux soldats.*) Eh bien?... Simon?... où est-il?... Simon!...

SCENE VII.

LES MÊMES, SIMON.

SIMON, *la main à son bonnet.*

Présent, mon général!

ROQUEBERT, *le faisant avancer du geste et le prenant à part.*

J'ai à te parler... Attends-moi là... à l'entrée de cette tente... et n'en bouge pas, quand toute l'armée autrichienne devrait te passer sur le corps!

SIMON.

Convenu, mon général.

ROQUEBERT.

Venez, capitaine! (*Il sort, suivi de l'officier.*)

SCENE VIII.

SIMON, PICARD, PIGOCHE, AUTRES SOLDATS.

SIMON, *allumant sa pipe.*

Bon! me v'là en faction aussi, moi... (*A la sentinelle.*) Part à deux, Chignassou!

PIGOCHE, *riant.*

Ha! ha! ha!... le caporal qu'est en faction!

TOUS.

Ha! ha! ha! ha!

SIMON, *regardant Picard.*

Eh bien, chasseur, vous ne suivez pas votre officier?

PICARD, *s'avançant.*

Impossible, camarade... mon cheval vient de tomber sur le flanc.

SIMON.

Ah! voilà ce que c'est que d'être dans les quadrupèdes... ça ne nous arrive pas, à nous autres, les bipèdes de la chose... la bête est toujours bonne là.—Eh bien! les fantassins, vous n'invitez pas le chasseur à se rafraîchir d'une bouchée?... Ayez donc les belles manières de la bonne société.

TOUS.

Voilà, voilà! (*On approche la gamelle.*)

PIGOCHE, *présentant une cuiller à Picard.*

Plongez, cavalier, plongez.

PICARD.

C'est pas de refus, fantassin.

SIMON.

Très-bien, Pigoche. (*Le prenant par le menton et présentant sa figure à Picard.*) Ceci est Pigoche, conscrit de la banlieue de Paris... Regardez-moi ça, chasseur... En avez-vous un seul chez vous qui vous ait c't air bête?

PIGOCHE.

Ah! mais, caporal Simon!...

SIMON.

Pourquoi donc que t'es bête comme ça?... on dit que les Parisiens sont tous malins... pourquoi que t'es pas malin?

PIGOCHE.

Puisque je suis de Montmartre .. où c'que je nourrissais des ânesses...

SIMON.

Ah! c'est donc ça.

PIGOCHE.

Et puis, j'ai été deux ans garçon épicier.

SIMON.

Voilà la chose. (*Aux autres.*) Faut pas lui en vouloir, à c'garçon: c'est l'épicerie qui l'a abruti... (*S'asseyant sur un tambour, pendant que les autres, groupés autour de lui, jouent à la drogue, etc.*) Faut te dégourdir, Pigoche... faut faire des niches aux autres.

PIGOCHE.

Ah! faut faire des niches?... on z'y en fera, cap'ral, on z'y en fera.

SIMON.

Eh bien! ça va-t-il mieux, chasseur?...

PICARD, *mangeant.*

Le comestible ne m'incommode pas.

SIMON.

Et là bas, au quartier général, qu'est-ce qu'on fait de bon?..

PICARD,

Je crois qu'on se dispose à se frotter... les Autrichiens ont l'air d'en vouloir un peu.

SIMON.

On leux y en donnera beaucoup... et on ne se fera pas attendre, comme dit la chanson du régiment.

PICARD.

Ah! vous avez aussi une chanson, vous autres?

SIMON.

En quarante-deux strophes!... Paroles du caporal des sapeurs, musique du tambour-maître.

PIGOCHE.

Chantez-nous-la, grenadier... chantez-nous-la!

SIMON.

Allons, fifre Mardeau, donne-moi le *la.*

AIR : *Avec accompagnement de tambour.*

Les voltigeurs du régiment,
Quand l'enn'mi s' fait entendre,
Pour se brosser réciproqu'ment,
Ne s' font jamais attendre!...
Plan, plan, etc., etc.

(*Tous reprennent ce refrain en l'accompagnant sur les gamelles et les plats.*)

SIMON.

Les fusiliers du régiment,
Quand il s'agit de prendre
Leur part d'un fricot allemand,
Ne s' font jamais attendre!...
Plan, etc., etc.

REPRISE DU REFRAIN.

SIMON.

Les grenadiers du régiment,
Quand un' belle à l'œil tendre
Leur fait des offres d' sentiment,
Ne s' font jamais attendre!...
Plan, etc., etc.

REPRISE DU REFRAIN.

PIGOCHE.

Moi, je suis de l'avis des grenadiers... Dans ce pays-ci, le sexe y est agréable à l'œil.

SIMON.

Va donc, clampin!... ça te passe devant le nez.

PIGOCHE.

Vous croyez ça, cap'ral?... Je suis garçon, moi... tandis que vous, qu'est marié... (*A Picard.*) Dites donc, chasseur, lui qu'est marié, le cap'ral.

PICARD.

Vrai?

SIMON.

Oui, oui... on s'est laissé engager dans ce régiment-là... et on fait son temps.

PIGOCHE.

Avec la belle Catherine, notre cantinière.

PICARD, *riant.*

Et... dites donc, caporal... nous n'avons pas été porté à l'ordre du jour pour blessure à la tête, hein?

SIMON.

Sapre mille noms d'un bonnet à poil!... qu'ils aillent donc se frotter à Catherine... avec ça qu'elle est caressante comme une batterie de campagne... Ah! dame! ça se respecte dans son mari et dans son enfant.

PICARD.

Vous avez un enfant, caporal?

SIMON.

Oui, au pays, à Saint-Laurent... un petit fantassin de six ans, qui est resté avec la grand'maman Simon... il paraît que ça pousse, pour faire un grenadier à la jeune garde... (*Plus triste.*) Ah! le bon Dieu me devait bien ça, pour m'avoir enlevé...

PIGOCHE, *timidement.*

Ah! oui... l'autre... la pauvre petite...

SIMON, *essuyant une larme.*

Qui était née en campagne... entre deux batailles... n'a pas pu supporter les fatigues de nos marches forcées... vre cher petit ange!... (*Se secouant.*) Ah! tenez!...

PIGOCHE.

Oui, caporal, vous avez raison... ne faut plus penser petit.

SIMON, *se levant.*

Mon Lucien!... qui a déjà écrit un beau billet à papa pour sa fête!... (*Le montrant.*) Hein! voyez son ouvrage petit!... des lettres hautes de ça!... un enfant de six an écrit déjà aussi gros!

PIGOCHE.

Ça vous a fait plaisir à lire, hein?

SIMON, *tristement, en serrant la lettre.*

Non.

PIGOCHE, *étonné.*

Tiens!

SIMON.

Si je savais lire, imbécile... je serais maréchal de l'Emp

PICARD.

Rien que ça?

SIMON.

Dame! c'est Roquebert, c'est notre général qui me le d jours : — « Vois, Simon, qu'il me dit dit-il, nous somm tis de Saint-Laurent le même jour, nous avons fait les r étapes, nous avons parcouru les mêmes routes... me v'là et tu es resté dans les traînards... Tu t'es battu aussi bie moi, tu as reçu plus de blessures... à moi les grosses épa d'or, et à toi les galons de laine!... Pourquoi?... Parce n'as jamais voulu apprendre à lire. » Dame! ça, c'est v Mais est-ce que j'ai le temps?... les marches, les batailles (*se caressant la moustache avec fatuité*) et le surplus des pations du militaire français.

PIGOCHE.

Ah! bon!... v'là le cap'ral qui va nous conter ses amou (*Bas à Picard.*) C'est son faible, au cap'ral.

PICARD, *se rapprochant de Simon.*

Ah! bah!... est-ce que...?

SIMON.

Mais oui... un peu... un peu... (*Catherine paraît au fo*

PIGOCHE, *à part et vivement.*

Oh! Catherine, sa femme!... (*Bas aux autres.*) Chut! (*signe à Catherine de s'arrêter et de prêter l'oreille.*)

SCÈNE IX.

LES MÊMES, CATHERINE.

CATHERINE, *s'arrêtant au fond.*

De quoi donc qu'il me fait signe, celui-là?

PIGOCHE, *à part.*

Ah! tu m'as dit qu'il fallait faire des niches aux autres tends! attends!... (*Il recommence ses signes.*)

SIMON.

C'est donc pour vous dire que la dernière fois... c'était à gard... Étant à la parade, bien ficelé, bien astiqué, j passer...

PICARD.

Une belle grosse cuisinière?

CATHERINE, *à part.*

Hein!... (*Les soldats placés à droite de Simon s'écart peu, sur un signe de Pigoche, et font place à Catherine, mon ne voit pas.*)

SIMON.

Fi donc, chasseur!... c'est pour Pigoche, les cuisinières goche, c'est pour toi... Je vois donc passer une belle d ah! mais crânement attifée... — A mon aspect, elle s'ar me lance un œil, comme ceci... — Elle profite du mom j'étais sorti des rangs pour servir de guide, et s'approche d épaulette pour me glisser tout bas dans le tuyau : « Ce s mon palais... chut! »

CATHERINE, *à part.*

Ah! le sacripant!

SIMON.

Le soir, je demande une permission à mon colonel, et chez la margrave... Elle fait d'abord des façons... « Mais, rel, j'ai un mari, qu'elle me dit. — Mais, que je lui ré puisque j'ai la permission de mon colonel...! » — Elle a mon raisonnement, fait servir un petit souper, avec toutes de rafraîchissements, et, alors, ma foi...

CATHERINE, *qui s'est approchée peu à peu.*

...

SIMON, *la voyant.*

illè-z-yeux!

CATHERINE.

. tiens! (*Elle lui applique un soufflet.*)

SIMON.

TOUS.

a! ha!

SIMON.

pré mille noms d'un bonnet à poil!... (*Roulement de*

PIGOCHE.

fini de causer. (*Les soldats courent à leurs armes et* *entôt après, sur un commandement.*)

SIMON.

ne!... je te jure que c'est des pures imaginations...

CATHERINE.

brigand!

SIMON, *la suivant.*

ire l'éducation des petits.. pour leur y inculquer les de la galanterie française...

CATHERINE.

scélérat! Maintenant que je te connais, je te surveil- . et... gare à toi! gare à toi! (*Elle sort.*)

SCENE X.

SIMON, *puis* MINA, *voilée.*

SIMON.

ne!.. Cath... (*Il fait un geste d'insouciance.*) Ah! 'ai pas peur de l'inspection... puisque c'est des bourdes faire honneur à mes galons... Y a pas de danger que sses allemandes viennent me relancer dans le camp...

MINA, *au fond, à l'Aide de camp du Général.*

éral Roquebert ?...

L'OFFICIER.

adame, sur un ordre de l'Empereur.

MINA.

..N'a-t-il pas, du moins, fait appeler le caporal Simon?

L'OFFICIER.

dame, il l'a fait appeler.

MINA.

parlé?

L'OFFICIER.

... là... de planton.

MINA.

remercie. (*L'Officier se retire, Mina fait un signe à* *de.*)

SIMON, *à part.*

al, voilà de la brouille dans mon intérieur...— Bah!.. donnerai à Catherine une explication... satisfaisante.

MINA, *s'approchant.*

ral Simon?...

SIMON.

oi... (*A part.*) Qu'est-ce que c'est que ça?

MINA, *le regardant.*

, c'est bien vous!... vos traits ne se sont pas effacés moire!

SIMON.

s?...

MINA.

n an... à Stuttgard...

SIMON, *stupéfait.*

.!... (*A part.*) Est-ce que j'aurais menti... vrai?

MINA.

not, n'est-ce pas!...

SIMON.

...

MINA.

t mourra entre nous!...

SIMON.

ça... je vous jure de ne le dire à personne... (*Naïve-* est-ce que c'est?

MINA.

Je vous l'amène... notre enfant...

SIMON, *faisant un soubresaut.*

Hein?... Plaît-il?... notre... (*A part.*) Sapré mille noms d'un...

MINA, *prenant Emmeline, qu'amènent deux domestiques.*

La voici!

SIMON.

C'est, ma foi, vrai!... ça y est!

MINA.

C'est à vous que je la confie.

SIMON, *tout ahuri.*

Pardon, pardon... excusez... mais... Catherine, ma femme?

MINA.

Dites-lui que je saurai payer ses soins, sa tendresse!

SIMON, *à part.*

Ah! mais ceci devient par trop... allemand!...

MINA, *à genoux, et tenant Emmeline.*

Adieu, ma fille!...

EMMELINE.

Tu me quittes?

MINA, *retenant ses larmes.*

Oh! pas pour longtemps... Je reviendrai bientôt... ce soir... (*Montrant Simon.*) Mais lui, il t'aimera bien, va... il aura bien soin de toi... vois comme il a l'air bon!

EMMELINE.

Oh! moi, j'aime bien les soldats.

SIMON, *à part.*

Est-ce qu'elle veut me faire passer bonne d'enfant?... Je n'accepte pas ce grade-là, moi!

TAVERNY, *entrant.*

Toutes les voitures sont prêtes...

MINA.

Ciel!... déjà!

TAVERNY.

Il faut partir, madame. (*Il va, dans le fond, parler à quelques officiers.*)

MINA.

Adieu, chère enfant!... Embrasse-moi... embrasse-moi encore! (*A Simon, en lui serrant la main.*) Ah!... c'est peut-être un dernier adieu .. peut-être le dernier baiser que je donne à ma pauvre petite fille!

SIMON, *attendri.*

Pauvre femme!... (*A part.*) Ah çà, qui c'est-il?

EMMELINE.

Tu pleures, maman?

MINA.

Non, non, je ris... je suis contente... puisque je te reverrai bientôt... puisque je reviendrai... (*Bas à Simon.*) Vous l'aimerez, n'est-ce pas?... vous me jurez de la défendre, de la protéger?... Oh! oui, oui! vous comprenez les larmes d'une mère... car vous pleurez aussi!

SIMON, *s'essuyant les yeux.*

Sapré mille noms d'un bonnet à poil!... (*Taverny se rapproche de Mina.*)

MINA, *embrassant rapidement Emmeline.*

Adieu, mon enfant!... (*A Taverny.*) Je vous suis, monsieur. (*Ils sortent.*)

SCENE XI.

SIMON, EMMELINE.

SIMON, *après s'être essuyé les yeux.*

Bref, enfin, madame... Eh bien? eh bien?... partie?... et elle a laissé la petite!... Eh! madame!...

EMMELINE, *courant après lui.*

Papa!

SIMON, *s'arrêtant brusquement.*

Qu'est-ce qu'elle a dit?

EMMELINE.

Papa... je ne veux pas que tu t'en ailles!

SIMON.

Elle l'a réitéré!... (*A Emmeline.*) Qui, papa?

EMMELINE.

Toi donc... puisque maman m'a dit que j'allais voir papa... que même il était bien beau... Ah! que c'est vilain de mentir comme ça!

SIMON.

S'ous plaît?

EMMELINE.

Tu es laid.

SIMON, *avec fatuité.*

Pour les enfants, possible... mais pas pour les mères, pas pour les mères. (*A part.*) Ah çà, que diable est-ce que je vas faire de cet enfant-là?... (*Voulant sortir encore.*) Eh! mad...

EMMELINE, *le retenant par les basques de son habit et le ramenant de force.*

Veux-tu rester!... ou je déchire ton grand habit!

SIMON.

Eh! c'est à l'Empereur, ceci!... ne touchons pas au drap du gouvernement!... (*La regardant.*) C'est qu'elle est jolie comme un petit ange!... (*Se mettant sur un genou pour la caresser, et d'une voix émue.*) Trois ans à peine!... trois ans!... l'âge qu'aurait...

EMMELINE, *sautant sur son genou.*

Là!

SIMON.

Eh bien! ne te gêne pas... prends possession de Simon!... (*Se décidant à l'embrasser.*) Bah!... tiens!

EMMELINE.

Oh! ça pique!

SIMON.

Les enfants, possible... mais pas les mères... pas les mères!

EMMELINE, *lui tirant la moustache.*

Ah! ça tient!

SIMON.

Tire, petite, tire ferme, si ça t'amuse... ça, ça n'est pas au gouvernement. (*A part.*) Sapré mille noms d'un bonnet à poil! qu'est-ce que je vas faire de cet enfant-là?

EMMELINE.

Ah! tiens! je veux mettre ton grand bonnet qu'a des cheveux.

SIMON.

Oh! non, petite, non... ça ne quitte pas la tête à Simon.

EMMELINE.

Si! je veux!

SIMON.

T'es donc mon sergent, à c't'heure, pour me commander?... Voyons, ne touchons pas à ça! ne touchons pas à...

CATHERINE, *en dehors.*

Où est-il?... où est-il?

SIMON.

Fichtre!... Catherine!

EMMELINE.

Qui ça?

SIMON.

Si elle me trouve avec ceci!... (*Vivement.*) Ah!... Tiens, petite, tiens!... voilà ce que tu voulais!... je comble tes vœux!... *Il lui met son bonnet, qui couvre presque entièrement Emmeline, il la place derrière la petite table, qui masque l'enfant, de sorte que le bonnet à poil semble posé sur la table.*) Mais ne bouge pas surtout! ne bouge pas!...

SCENE XII.

LES MÊMES, CATHERINE.

CATHERINE, *se contenant à peine.*

Ah! c'étaient des inventions à toi!... Et cette belle dame, qui vient de remonter en voiture, qui t'a demandé, qui t'a parlé!... c'est-y moi qui l'ai inventée, celle-là?... Voyons! répondras-tu?... Qu'est-ce qu'elle voulait? Qu'est-ce qu'il lui fallait? Qu'est-ce qu'elle t'a dit?

SIMON, *embarrassé.*

Catherine... c'était pour affaire de service.

CATHERINE.

Mille millions de...

SIMON.

Catherine... soyez calme.

CATHERINE.

Calme!... et pourquoi que tu ne l'es pas, toi?... pourquoi que tu rougis? que tu balbuties?... Pourquoi... (*Surprenant ses regards dirigés vers son bonnet.*) Pourquoi que tu as ôté ton bonnet à poil?

SIMON.

Je... j'avais une forte migraine.

CATHERINE.

Commence par le remettre, et puis... (*En ce moment, ... line marche autour de la table.*) Eh ben!... eh ben! i... à présent!..

SIMON, *à part.*

Sapré mille noms de...

CATHERINE.

Ah! il y a quelque chose là-dessous!... (*Elle enlève ... et jette un cri à la vue de l'enfant.*)

EMMELINE, *effrayée, courant à Simon.*

Papa!

CATHERINE.

Papa!

SIMON, *à part.*

J'aimerais mieux un obus dans l'estomac!

CATHERINE, *hors d'elle.*

Il faut que je le tue!... il faut que je...

SCENE XIII.

LES MÊMES, ROQUEBERT.

ROQUEBERT, *accourant, très-ému.*

Mon enfant! ma fille!... près de Simon, m'a-t-elle di... la voici!... (*La prenant dans ses bras et la couvrant de...* Ma fille!...

CATHERINE.

Sa fille!...

SIMON.

Sa fille!...

EMMELINE, *un peu effrayée.*

Qui, vous, papa?

ROQUEBERT.

Oui, mon enfant, oui!... ton père... qui t'aime, q... rit!... C'est elle, Simon, c'est ma fille!... (*Il l'embrass...*

EMMELINE.

Ah! mais j'aime bien mieux celui-là... il a un bie... habit que l'autre.

CATHERINE, *confuse et à demi-voix.*

Sa... Ah! mon pauvre Simon!

ROQUEBERT, *la voyant.*

Catherine... laissez-nous... et toi, Simon, reste!

CATHERINE, *bas.*

Qu'est-ce que tout ça veut dire?

SIMON, *de même.*

C'est un mystère qui ne regarde pas les femmes.

CATHERINE, *à part.*

Alors, il me dira tout ce soir. (*Elle sort, en lui ... pardon du geste.*)

SCENE XIV.

ROQUEBERT, SIMON.

ROQUEBERT, *tenant Emmeline.*

Ma fille!... (*Tout à coup, et comme par une i... soudaine.*) Non!.. notre fille, Simon!... (*Lui tendan...* Ami... veux-tu que cet enfant soit le tien?

SIMON.

Si je le veux!... vous me le demandez, mon géné...

ROQUEBERT.

Ecoute!... Dieu t'a retiré la pauvre petite qui éta... ce pays, au milieu des combats... Elle aurait aujour... de celle-ci... Eh bien!... que désormais Emmelin... Geneviève, que désormais ma fille soit la fille de S... Catherine!... jusqu'au jour où je pourrai nommer... légitimer par un mariage la naissance de mon enfan...

SIMON, *avec élan.*

Ça y est!

ROQUEBERT.

Dès que nous aurons rejoint le gros de l'armée, je ... un congé d'un an... tu partiras avec Catherine... (*mo... fant qui joue et appuyant sur chaque mot*) avec ell... fille, Geneviève, la sœur de ton fils Lucien!

SIMON.

Compris, la consigne!

ROQUEBERT.

Et maintenant, tiens, assieds-toi là! près de moi..

SIMON.

y v'là!

ROQUEBERT, *assis, tirant un papier d'un portefeuille.*

t acte que voici, c'est l'acte de reconnaissance d'Emmeline, é par les autorités militaires... Cet acte la proclame fille du ral Roquebert... la fait mon unique héritière, lui transmet, ma mort, le riche domaine que je tiens de la munificence Empereur...

SIMON.

n!... bon, ça!

ROQUEBERT.

as conservé, n'est-ce pas, l'acte de décès de ta pauvre ?

SIMON.

ne m'a jamais quitté... il est là... sur ma poitrine... comme pauvre petit ange se plaçait lui-même entre moi et les s... Tenez, le v'là, mon général.

ROQUEBERT.

nne... Un courrier de dépêches va partir ce matin... dans stant... Par ce courrier, j'envoie au notaire Germond...

SIMON.

notaire Germond ?

ROQUEBERT.

, un notaire de notre pays... j'envoie ces deux pièces, *(ap- it encore sur les mots)* qui prouveront un jour que la fille mon et de Catherine n'est plus, et que cette enfant est la lu général Roquebert et de... de la personne qui te l'a con- *Il met les deux actes sous une enveloppe, qu'ils scelle de son .)*

SIMON.

puis?... qu'est-ce qu'il en fera, monsieur Germond?

ROQUEBERT.

vas le savoir... Ecoute!

SIMON.

suis tout oreilles.

ROQUEBERT, *répétant lentement ce qu'il écrit.*

onservez précieusement ce dépôt... c'est tout un avenir, e une existence que je remets à votre loyauté... Vous ne rez les papiers scellés sous cette enveloppe, qu'à moi, à seul...

SIMON.

s-bien!

ROQUEBERT.

... si je ne dois jamais revoir mon pays... *(mouvement de on, qui se lève)* à la personne qui vous dira : C'est le ge- l Roquebert qui m'envoie... Et qui, à l'appui de sa parole, répétera un nom que vous seul et moi connaissons... le de...

SIMON, *arrêtant sa main.*

icit!... Le reste ne regarde plus que vous. *(Roquebert lui main, et Simon va jouer avec Emmeline.)*

ROQUEBERT, *à l'aide-de-camp, qui reparaît.*

mandant!... le courrier de dépêches qui va partir pour nce! *(L'aide de camp sort. — Pliant la lettre et mettant ription.)* « A maître Germond, notaire, à Saint-Laurent, ement de l'Isère. » *(Il remet le message à l'aide de camp, transmet au courrier. — Puis, se levant, et avec effusion.)* me sens plus heureux!... A mon enfant, mon nom, ma el... et à toi, Simon, merci! *(On entend plusieurs coups au loin.)* Hein?...

EMMELINE, *courant à Simon.*

st-ce que c'est que ça?

SIMON.

le m'emporte! on dirait que ça en est!

L'AIDE DE CAMP, *accourant.*

éral!... un détachement ennemi vient d'attaquer nos postes!

SIMON.

n était!

ROQUEBERT.

!... C'est ce qu'avait prévu l'Empereur! *(Les soldats ac- et les rangs se forment.)*

SIMON, *saisissant son fusil.*

armes!

ROQUEBERT, *l'arrêtant.*

e là ton fusil, Simon!... Aujourd'hui, tu ne te bat- s!

SIMON, *le regardant.*

Sapré mille noms d'un!...

ROQUEBERT, *lui saisissant le bras et lui montrant Emmeline.*

Regarde! *(Simon, sans dire un mot, dépose son arme et va prendre Emmeline, qu'il serre contre sa poitrine.— Roquebert, aux officiers de son état-major, pendant qu'on plie et qu'on enlève la tente.)* Messieurs! l'ordre de l'Empereur est de battre en retraite... Vous avez vos instructions.

SIMON.

Ne pas pouvoir brûler une pauvre petite cartouche!

ROQUEBERT, *allant à lui et vivement.*

Emmène l'enfant!... Traverse ce petit bois, qui est à nous... et gagne rapidement le quartier-général, où elle sera en sûreté... Adieu, Simon!... *(Embrassant Emmeline.)* Adieu, chère enfant!... Que Dieu te protége! *(Nouvelle fusillade. — L'enfant se serre contre Simon.)*

ROQUEBERT.

Suivez-moi, messieurs! *(Sortie générale, sur un commandement répété.)*

SCÈNE XV.

SIMON, EMMELINE.

SIMON, *les suivant des yeux.*

Ils y vont!... Ils y vont sans moi, les sans-cœur!... les lâches!... *(Regardant Emmeline.)* Allons, puisque la consigne est de fuir... *(Il a mis son sac; il prend l'enfant par la main et, prêt à sortir, il s'arrête.)* Tiens!... qu'est-ce qui brille donc comme ça dans le petit bois?... On dirait... oui, on dirait des baïonnettes!.. *(Tout à coup.)* Sapré mille noms d'un bonnet à poil!... je reconnais la casquette de l'Autriche!... Nous sommes cernés! *(Il arme son fusil.)*

EMMELINE.

Tiens!... qu'est-ce que tu veux donc faire?

SIMON, *riant.*

Qui?.. moi?... C'est... c'est pour jouer...

EMMELINE, *sautant.*

Ah! quel bonheur!

SIMON.

C'est pour nous amuser, vois-tu... *(A part.)* Ils débusquent du bois!... Ils avancent!... *(Coups de feu.)*

EMMELINE.

Mais qu'est-ce qui fait donc du bruit comme ça?

SIMON.

Mais, dame!... c'est que... c'est qu'ils s'amusent aussi, les autres... C'est gentil, n'est-ce pas?... *(A part.)* Et pas un abri pour ce pauvre petit être!... Rien!... rien que mon corps!... *(Coup de feu. — Simon s'est jeté sur l'enfant, qu'il couvre, et a posé ses deux mains sur sa tête.)*

EMMELINE.

Qu'est-ce donc qui vient de siffler comme ça?

SIMON, *à part, d'une voix tremblante.*

Mon Dieu!... la balle a passé à deux doigts de sa tête!... *(Coup de feu. — Le bonnet de Simon tombe.)*

EMMELINE, *riant aux éclats.*

Oh! oh! oh! son bonnet qui est tombé!

SIMON, *à part.*

Je ne peux pas rester ainsi!... Je ne le peux pas!... *(Saisissant l'enfant par les bras et la plaçant à cheval sur son sac.)* Nous allons joliment nous amuser, va!... *(A part.)* Dieu de bonté! aidez-moi à la défendre!

EMMELINE, *sur le dos de Simon.*

Ah! vois donc là-bas, vois donc celui qui est à cheval!... comme il galope!...

SIMON.

Il se dirige vers nous!... *(Il tire.)*

EMMELINE.

Oh! comme il monte mal à cheval!... Il est tombé!

SIMON, *rechargeant son fusil.*

Tu n'a pas peur, pas vrai?...

EMMELINE.

Que non... C'est joliment amusant... Tiens! tiens! tiens! En v'là-t-il d'autres!

SIMON, *tirant.*

Mais seul!... seul contre eux!... Oh! n'importe!... *(Chargeant avec rage.)* Tant qu'il me restera une cartouche!...

SCENE XVI.

LES MÊMES, PICARD, PIGOCHE.

PIGOCHE, *bourrant son fusil.*

Par ici, chasseur, par ici!

PICARD, *ramassant le fusil d'un soldat qui vient de tomber mort.*

Ferme, fantassin!... Ah! me v'là un fusil!

SIMON.

A moi, les amis!

EMMELINE, *joyeuse.*

Ah! c'est-il amusant!

SIMON.

Autour de moi, camarades!... Couvrez l'enfant! couvrez l'enfant! (*Les trois soldats tirent dans toutes les directions.*)

PICARD, *frappé.*

Ah!... (*Il tombe.*)

SIMON.

Sapré mille... (*Se baissant et penché sur le corps de Picard.*) A la poitrine!... deux balles!... (*Essuyant une larme.*) Pauvre diable!

EMMELINE.

Tiens! pourquoi donc s'est-il couché?

SIMON, *après un moment d'hésitation.*

Il dort.

EMMELINE.

Ah!... Alors, pourquoi pleures-tu?

SIMON.

Moi?... je... mais non, tu vois bien que je ris... C'est égal... si je me couche aussi pour dormir, il ne faudra pas avoir peur, entends-tu?... (*Tenant la main inerte de Picard et à demi-voix.*) Adieu, mon pauvre camarade!

PIGOCHE, *tout à coup.*

Ah! mon Dieu!... caporal!... regardez donc!

SCENE XVII.

LES MÊMES, ROQUEBERT, *soutenu par des officiers.* CATHERINE.

SIMON.

Ah!... (*Il se précipite vers Roquebert.*)

ROQUEBERT, *blessé à la tête et chancelant.*

Simon!... c'est toi!... Ah! merci, mon Dieu!

SIMON.

Blessé!

ROQUEBERT *tendant les bras.*

Ma fille!... (*Catherine prend l'enfant et la met dans les bras de son père.*)

EMMELINE, *criant.*

Ah! du sang!... j'ai peur! j'ai peur!... (*Catherine l'éloigne vivement de Roquebert.*)

ROQUEBERT.

Ma fille!.. Oh! mourir, sans avoir rendu l'honneur à... (*Retrouvant un reste d'énergie et s'appuyant sur Simon, pendant que les officiers s'éloignent un peu.*) Non!.. je puis encore... Simon!... ce nom... ce nom qu'il faut dire... c'est...

SIMON.

C'est?...

ROQUEBERT.

Mina de Rantzberg... Répète!... répète!..

SIMON,

Mina... de Rantzberg.

ROQUEBERT.

Tu ne l'oublieras jamais?

SIMON.

Jamais!

ROQUEBERT

Adieu, Simon!... Adieu, ma... Ah!.. (*Il meurt. On le place sur des fusils et on l'emporte. On entend battre la générale. Au même moment, débouchent de droite quelques grenadiers qui lui font un rempart; d'autres arrivent du fond à gauche, se joignent à eux et battent en retraite du côté gauche, en engageant le feu contre les Autrichiens qui paraissent à droite. — Simon, sur le devant, à gauche, se place devant Catherine et l'enfant et tire sur les Autrichiens. Tableau.*)

ACTE II.

Au village de Saint-Laurent, près de Grenoble, en 1816. — A gauc[he], premier plan, une petite maison : celle des enfants de Simon. [Au] deuxième plan, une rue. — Au troisième, une petite église, d[ont le] seuil est surélevé de quelques marches.—A droite, au premier pl[an, un] cabaret, devant lequel sont des tables sous une tonnelle.—Au mi[lieu du] théâtre, vers le troisième plan, est un chemin en pente, qui se p[erd] au fond, à gauche, dans la campagne. — A droite, au troisième [plan,] quelques arbres.

SCENE I.

MARIOTTE, POTICHON. (*Potichon sort de la maison, Ma[riotte] arrive du fond, à droite.*)

POTICHON.

Ah! c'est ben gentil à vous, Mariotte, d'être venue ici [ce] matin.

MARIOTTE.

Pourquoi donc que c'est gentil à moi, monsieur Potich[on]

POTICHON.

Vous vous êtes dit: ce pauvre Potichon est accablé de [besog]ne... faut que j'aille lui donner un coup de main.

MARIOTTE.

Non... je n'ai pas dit ça.

POTICHON, *étonné.*

Ah!

MARIOTTE.

Je n'ai rien dit du tout.

POTICHON.

Ah!

MARIOTTE.

Je suis venue tout bonnement, sans penser...

POTICHON.

Ah!

MARIOTTE.

Ah! dame! je ne pense jamais, moi... je suis trop bê[te pour] ça.

POTICHON.

Pourquoi donc qu'vous dites toujours qu'vous êtes bêt[e?]

MARIOTTE.

C'est-y pas vrai?... demandez voir dans tout l' pays, s[i y a] une plus bête que moi... C'est que j'suis bête!... ah! ma[is bête,] que j'en enrage moi-même, qu' j'en suis toute honteuse[...]

POTICHON.

Oui, j'sais qu'vous n'avez pas inventé les épinards... m[ais c'est] pas votr' faute... c'est vos parents qui vous auront fait [manger] d'l'oie à votr' naissance, et ça vous aura remonté dans l'c[erveau.]

MARIOTTE.

Faut croire... Mais vous n'vous imaginez pas jusqu'o[ù ça va,] m'sieur Potichon... ça grandit tous jours, c'est une in[firmité,] c'est une maladie, quoi!... A preuve : les jeunes filles d[u pays] aiment à jaser ou à danser avec les jeunes gens... moi, f[aut tou]jours que j'sois fourrée avec les plus vieux ou les plus inf[irmes...] Est-ce bête, hein, ça?... Quand Pierre Chenu, le ch[arretier,] qu'est fort comme un bœuf et méchant comme un âne[, bat] son cheval avec furie, c'est comme si qu'y m'y frappa[it moi-]même; et y m'prend des grandes envies de lui tomber [dessus à] coups de poing!... Est-ce encore assez bête hein, ça?.. [Quand] m'sieu Frochard, mon maître, chasse de notr' maison l[es vaga]bonds et les mendiants, en les appelant paresseux et lâ[ches, et que] j'en vois queuqu's-uns qui s'en vont la tête basse et l'œ[il triste,] faut qu'je m'campe sur leur passage et que j'leur flan[que mes] pauvr's petites économies!... Est-ce toujours assez bêt[e,] ça?

POTICHON, *ému.*

Oui, oui, c'est bête... c'est très-bête, Mariotte... m[ais c'est] égal... ell' m'plaît à moi, votre bêtise... j' l'aime, moi, [votre bê]tise...

MARIOTTE, *étonnée.*

Ah bah!

POTICHON.

Oui, et c'n'est pas d'hier... Mariotte... si je ne vous [aime] pas... que le diable me crève un œil, si je ne vous p[rends] pour femme!

MARIOTTE.

Quoi! vous m'épouseriez, moi, Mariotte, qu'est si bête?...

POTICHON.

:llez toujours, j'ai d' l'esprit pour deux.

MARIOTTE.

'aut que j' demande la permission à mon maître.

POTICHON.

Monsieur Frochard?... Il vous donnera p't-être avec ça une ·te dot... il est si riche!

MARIOTTE.

·h! ça, il en a, d' ces écus!

POTICHON, *plus bas.*

·n prétend qu'il n'en a pas toujours *évus*... que dans le ps, il était cantonnier, qu'il cassait des pierres sur la grande ·te... C'est ça qu'est un état monotone!

·ui, mais, depuis qu'il a hérité de son cousin, le général... .. Rol... Roquebert... il a joliment changé.

POTICHON.

·n'y a qu'sa veste et son pantalon de velours qui n'sont pas ·ngés.

MARIOTTE.

·est-y drôle!... un richard comme ça, qui marche dans des souliers à clous, et quelquefois des sabots!...

POTICHON.

· encore il les avait en acajou... A sa place, je porterais des ·es à revers, et j'épouserais un' princesse.

MARIOTTE.

ne songe guère à s'marier, va... pour garder tout à lui ... (*Confidentiellement.*) Il aime mieux courtiser les jeu·es.

POTICHON, *vivement.*

·ous, la Mariotte!... Cré nom!

MARIOTTE.

·! que nenni... mieux que moi, da... J'crois qu'il en conte ·mzelle Geneviève, vot' maîtresse.

POTICHON.

·! oui, mais c'est du temps perdu... Mamzelle Geneviève ·n, c'est sage et honnête comme vous, la Mariotte... c'est spirituel... que moi, Potichon... et c'est joli, à soi seul, ·que autant qu'à nous deux ensemble.

MARIOTTE.

·est avis qu'ell' n' se mariera jamais... Depuis qu'ils ont · leur père, elle n'aime que son frère au monde. (*On en·sonner les cloches.*)

POTICHON.

·nez, v'là qu'on sonne la messe... celle qu'ils font dire tous ·s, pour l'âme de défunt le caporal Simon.

SCÈNE II.

·ÊMES, PICARD, PAYSANS, *hommes, femmes et enfants, qui ·rent dans l'église; quelques jeunes gens qui se dirigent vers ·abaret.*

·o, *aux jeunes gens qui se dirigent vers le cabaret, et qu'il repousse du côté de l'église.*

ici! par ici, donc!... Est-ce qu'il s'agit d'aller au caba·uand on dit la messe pour un vieux soldat?... tas dé pé· (*Les jeunes gens entrent dans l'église.*)

POTICHON, *avec mépris.*

· ça n'a pas servi, eux autres.

PICARD, *s'approchant.*

·ben!... est-ce que t'as été à l'armée, toi?

POTICHON, *riant.*

été quéquefois *alarmé*... mais pas comme vous l'enten-

PICARD.

·n!...

POTICHON, *à Mariotte.*

· un mot d'esprit... Vous ne comprenez pas ça, vous, la ·e.

MARIOTTE.

·ine, non.

POTICHON.

· donc, monsieur, Picard, vous qui avez été soldat, vous · vous rencontrer avec le père des enfants Simon, à l'Ar·Allemagne?...

PICARD.

. Je me souviens bien qu'un jour je fus envoyé, avec un d'ordonnance, au général qui commandait la brigade de Simon... C'était à Ulm... Ah! j'ai bien failli n'en pas revenir!... C'est là que le caporal Simon est mort, je crois.

POTICHON.

Oh! il en est revenu, de c'te bataille-là...

MARIOTTE.

Avec sa petite fille Geneviève et sa femme, la vivandière... ils sont venus retrouver ici leur fils Lucien, et puis, quéque temps après, la bonne femme s'en est allée au ciel.

POTICHON.

Elle avait cueilli une fluxion de poitrine... et lui est retourné à la guerre... où il a cueilli un boulet de canon, qui y a enlevé la tête... Il en est mort, monsieur!

PICARD, *ému.*

Oui, mort!... lui, qui avait deux braves enfants, deux enfants qui auraient fait la joie de ses vieilles années... (*Il essuie une larme.*) Tout le monde n'a pas ce bonheur-là. (*Potichon s'est un peu éloigné.*)

MARIOTTE, *lui prenant la main.*

Du courage, père Picard!... il se corrigera... il se corrigera... lui.

PICARD.

Lui?... c'est de mon fils que tu me parles, Mariotte!

MARIOTTE, *embarrassée.*

Oui... non... j'sais pas .. Faut pas faire attention à ce que je dis... vous savez, j'suis si bête, moi!

PICARD, *comme à lui-même.*

Mon fils!... les mauvaises connaissances le perdront... Cette nuit encore, il l'a passée au cabaret, à boire, à jouer!

MARIOTTE, *à part.*

C'est donc ça qu'à ce matin je l'ai rencontré tout pâle, tout défait, qui rôdait autour de chez nous.

PICARD, *s'éloignant, et à part.*

Oh! mais je lui ferai quitter le pays... je le ferai partir...

POTICHON.

Ah! voici monsieur Lucien et mademoiselle Geneviève.

SCÈNE III.

LES MÊMES, LUCIEN, GENEVIEVE, *puis* FROCHARD. (*Lucien et Geneviève sortent de la maison, en se tenant par la main : ils marchent tristement, les yeux baissés.*)

MARIOTTE, *après les avoir salués.*

Vous allez prier pour vot' pauv' père, mamzelle Geneviève?...

GENEVIÈVE, *regardant Lucien et à demi-voix.*

Mon père!...

LUCIEN, *bas, en lui serrant la main.*

Pour eux, comme pour tout le monde.. n'es-tu pas ma sœur, Geneviève ..

GENEVIEVE.

C'est vrai... c'est vrai. (*Ils vont entrer dans l'église, Frochard paraît sur les marches du porche.*)

FROCHARD, *à Geneviève.*

Vous ne trouverez plus de place dans l'église, mamzelle Geneviève... et je sortais à cette fin de vous offrir mon banc d'adjoint au maire.

LUCIEN, *d'un ton froid et sévère.*

C'est pour l'âme du caporal Simon que va se dire la messe... Tout le monde sait cela dans le pays, et nul ne refusera de faire place aux deux orphelins qui vont prier pour leur père.

FROCHARD.

J'aurais été bien aise d'offrir à mamzelle Geneviève..

LUCIEN, *vivement.*

Geneviève... ma sœur n'accepte pas, monsieur. (*Ils vont entrer à l'église.*)

FROCHARD, *à part.*

Il n'est pas caressant, l' frérot. (*Haut.*) Faut pas être aussi fier, monsieur Lucien... on a quelquefois besoin des gens.

LUCIEN, *s'animant.*

De vous?... jamais, je l'espère!

FROCHARD.

Nous verrons!

GENEVIÈVE, *bas.*

Lucien!... pourquoi lui parles-tu ainsi?

LUCIEN, *bas.*

Pourquoi?... parce qu'il ose t'aimer... et parce que je suis jaloux!

GENEVIÈVE, *frémissant.*

Jaloux!.. Allons prier, Lucien. (*Ils entrent dans l'église, suivis de Potichon, de Mariotte et de Picard.*)

FROCHARD, *seul, les suivant des yeux.*

Ah! t'es fier... et t'as des dettes... et tu ne payes pas tes fermages!... Eh bien, mon garçon, puisque t'as l'air de m'fermer ta porte .. j'irai frapper à celle de ton créancier.

SCENE IV.

FROCHARD, TAVERNY, MINA. (*Taverny, donnant le bras à Nina, paraît au fond, à droite, semble chercher quelqu'un et aperçoit Frochard.*)

TAVERNY.

Pardon, monsieur... étrangers à ce pays, où nous sommes arrivés depuis peu de jours, nous faisons pour la première fois une promenade, et je crois que nous nous sommes égarés.

FROCHARD.

Ah! j'devine, vous êtes monsieur et madame Taverny, les nouveaux acquéreurs du château des Bruyères...

TAVERNY.

En effet. . monsieur...

FROCHARD.

Monsieur Frochard, adjoint du maire... Eh ben, mais, votre route, c'est tout simple, vous n'avez qu'à traverser, là-bas, le clos Roquebert.

MINA, *à part et vivement.*

Roquebert!...

TAVERNY.

Roquebert!...

MINA, *d'une voie émue.*

D'où vient qu'on ait donné ce nom...

FROCHARD.

A mon clos?... mais c'est l'nom de mon château, d'mes terres, d'mes prés, d'mes... tout!... et je m'en suis pas pus fier, dà... je l'dis à qui veut l'entendre : Frochard, ancien casseur de pierres, route Royale, n° 6.

MINA.

Mais, ce domaine, comment se fait-il qu'il vous appartienne aujourd'hui?...

FROCHARD.

Vous allez voir... J'étais donc un jour sur la route royale, n° 6, j'cassais tranquillement mes pierres, quand le facteur me remit en passant une grande lettre... c'était l'invitation de venir au ministère, pour y recevoir une grosse communication... avec la quelle, et cætera... signé le gouvernement!... C'était drôle, tout d'même, hein, madame?...

MINA.

Après?... après?

FROCHARD.

J'arrive à Paris... on m'apprend qu' j'ai un cousin, qui avait fait son chemin, qu'était devenu général, ami du grand homme, même qu'il y avait donné des prés, des terres, des fermes, un château, une fortune immense, quoi!

TAVERNY.

Et ce général?...

FROCHARD.

Un boulet l'a emporté... mais il n'a emporté que ça!... les terres, les fermes sont restés à leur place... et c'est ce qu'on appelle le domaine Roquebert.

MINA, *avec hésitation.*

Et... vous êtes... le seul... héritier du général Roquebert?

FROCHARD.

L'unique!... Elle est à moi, c'te fortune, je la tiens dans c'te main, qu'est solide... on aura d'la peine à l'en arracher!...

MINA.

Cependant... je...

TAVERNY, *vivement.*

Ne retenons pas plus longtemps monsieur...

FROCHARD, *achevant.*

Frochard, adjoint au maire.

TAVERNY, *à part.*

Son cousin!... Oh! je le reverrai, je l'interrogerai .. (*Haut.*) Mille remercîments, monsieur l'adjoint.

FROCHARD.

Y a pas d'quoi, monsieur. (*Il entre dans l'église.*)

SCÈNE V.

MINA, TAVERNY.

MINA.

Mon Dieu!... est-ce la Providence qui m'a conduite ici que j'y retrouve les traces de ma fille? ..

TAVERNY, *effrayé.*

Au nom du ciel... madame, oubliez-vous!...

MINA.

Je n'oublie rien, monsieur... je n'oublierai jamais que avez été bon et généreux... La mort m'avait séparée de qui pouvait me rendre l'honneur... Vous avez jeté un voi un passé... mort à mes yeux... comme lui... et vous m confié l'honneur de votre nom... Ce nom, je le porterai dignement que je n'avais porté celui de mon père... Je ne pas ingrate, monsieur... je le répète, je n'oublierai rien d que je vous dois... mais je ne peux pas non plus oublie fille!

TAVERNY.

Mina!

MINA.

Où est-elle?... qu'est-elle devenue?... qui me dévoile secret que deux hommes savaient seuls, et qu'ils ont tous emporté dans la tombe?... Ma fille!... qui me rendra ma

TAVERNY, *avec ménagement.*

Quel espoir peut donc vous rester encore?... n'avons pas épuisé toutes les recherches?... Dès que la paix géné été conclue, dès qu'il vous a été possible d'entrer en Franc vous ai-je pas conduite à Paris?... Un homme... un seul caporal Simon... pouvait vous dire si cette enfant existait er ce qu'elle était devenue, où elle était... Une lettre du minis la guerre vous a appris que cet homme avait été compté les morts à la bataille d'Iéna... Alors, seulement, il m'a été p de vous offrir mon nom... car cette enfant, ce souvenir viva passé, ne se plaçait plus entre nous, et nul ne pouvait di a voyant : Mina de Rantzberg était riche, et, pour partag ortune, il a consenti...

MINA.

A partager aussi sa honte!... Non, on ne le dira pas, ami.

TAVERNY, *avec force.*

Non, madame!... quoi qu'il doive m'en coûter, on ne l pas!... Car je suis ainsi fait, Mina, qu'à mon honneur, je fierais ma fortune, ma vie... et tenez! s'il le fallait même affections les plus chères!

MINA.

Ne parlez pas de cela, mon ami... Vous n'avez plus craindre... car je n'ai plus rien à espérer... et je suis rési

TANERNY.

Eh bien... pourquoi vivre ainsi, retirée, loin du monde

MINA.

Ne savez-vous donc pas ce que je souffre, quand je vois de belles jeunes filles, fraîches, riantes, heureuses!... Mo se serre alors, mes yeux se détournent, par un sentiment d et de haine!... C'est mal, mon Dieu! c'est bien mal... ma beau m'en défendre, la jeunesse, la force, la beauté, to m'est odieux, comme un vol fait à mon enfant!... Car, al me dis : C'est ainsi qu'elle serait... elle!... O vous, mèr nies, à qui le ciel a permis de voir grandir vos enfants, c pas votre sort que j'envie... non, c'était trop de bonheu moi... mais les pauvres désolées, dont les enfants sont entre leurs bras, celles-là sont mille fois plus heureuses moi!... Elles ont du moins une tombe, qu'elles baignent d larmes! (*Elle ne peut retenir ses larmes et s'éloigne de q pas.*)

TAVERNY.

Mina!... (*A part, réfléchissant.*) Ce Frochard... son pa et pas un mot de cette jeune fille disparue!... Oh! je le re cet homme, je l'interrogerai... et, s'il le faut, nous quitte pays. (*Quelques paysans attardés paraissent à droite et se a vers l'église.*)

MINA.

Du monde!... Retournons au château, mon ami. (*Ils à gauche.*)

SCENE VI.

Les cloches sonnent de nouveau, et l'on entend un cantique dans l'église par des femmes :

Recommande à Dieu,
Vierge Marie,
L'orphelin qui prie
Dans le saint lieu!

(*Simon paraît au fond, descendant péniblement le chemin incliné dant les cloches et le chant religieux, il se découvre et s'ageno vant l'église. Puis, se relevant, il regarde et reconnaît sa mai*

SIMON, *seul*.

à !... c'est là !... (*Il fait encore quelques pas, et s'arrête.*) Ah! mon courage m'abandonne!... J'ai fait quinze cents lieues r les revoir, et je n'ai plus la force de faire un pas pour les brasser!... Que vais-je retrouver là... après ce long et cruel ?... quel souvenir auront-ils gardé de moi?... quelle affection uront-ils conservée?... Il y a onze ans qu'on leur a dit: e père est mort... ils se sont vêtus de noir pendant un an, uis, l'année d'après, ils ont dépouillé mon souvenir avec leurs its de deuil... Oh! j'ai peur!... j'ai peur de frapper à cette te!... Je reviens à eux, moi, qu'ils ont cru mort... mais leur dresse me reviendra-t-elle, à moi?... (*Il s'est avancé jusqu'à orte de la maison, où il s'arrête, hésitant à frapper.*)

SCENE VII.

IMON, POTICHON, MARIOTTE, *qui sortent de l'église.*

POTICHON, *au fond.*

ens! il y a du monde chez nous... (*Haut.*) Vous demandez qu'un, mon brave homme ?...

SIMON.

oi?... oui, je... Vous êtes... de la maison?...

POTICHON.

e c'te maison-là?.. mais oui, un peu... beaucoup...Vous dedez quéqu'un?

MARIOTTE.

est tout pâle, tout tremblant, ce pauvre homme!.. Avez- besoin de quelque chose, monsieur?

SIMON.

on... non... Je voudrais seulement savoir... C'est bien là demeurent les enfants d'un nommé...

POTICHON.

eu le caporal Simon... feu d'un coup de feu à la bataille de...

SIMON.

ort!

POTICHON.

ui, monsieur.

MARIOTTE.

ous l'avez connu?...

SIMON.

oi?... oui, oui... (*Avec hésitation.*) Est-ce qu'on se souvient re un peu de lui... dans le pays?...

POTICHON.

rdine!

SIMON, *heureux.*

h!

MARIOTTE.

paraît que c'était un bien brave homme, monsieur... les x se découvrent quand il parlent de lui.

SIMON, *très-ému.*

aiment?... Et... et les jeunes... ceux qui demeurent là?... e que... est-ce qu'ils en parlent quelquefois?

POTICHON.

éque fois?... pour ça, non.

SIMON, *avec douleur.*

on!

POTICHON.

en parlent toujours.

SIMON.

ujours! (*Il frappe sur l'épaule de Potichon, en souriant de ur contenu.*)

MARIOTTE.

nez, y a pas un quart d'heure qu'ils étaient là, tous les deux, nt avec ben de la tritesse de leur brave homme de père... était leur père, voyez-vous, monsieur!

SIMON.

! oui, c'était... c'était leur père... Et... ils le regrettent, ce pas?

MARIOTTE.

! pour ça... ben sûr, allez... Car, ben des fois, comme rd'hui, qu'est un jour de tristesse... on les voit qui se ent par la main; y s'en vont loin du village, y marchent a campagne l'un près de l'autre, sans se dire un mot, et y grosses larmes qui leur coulent le long des joues.

SIMON.

larmes!...

POTICHON.

n a qui disent que c'est la pauvreté qui les chagrine...

MARIOTTE.

Moi, je dis que c'est le souvenir de leur père qui les fait pleurer... Mais peut-être ben que j'ai tort... j'suis si bête, moi, Monsieur!

POTICHON, *bas.*

Chut!... faut pas lui dire ça... y s'en apercevra toujours ben.

SIMON.

Vous disiez qu'aujourd'hui était un de ces jours de tristesse... pourquoi?...

MARIOTTE.

C'est que... c'est l'anniversaire de sa mort, à lui.

SIMON, *vivement.*

Aujourd'hui!... Oui, le 14 octobre!... et ils pensent à lui, et ils le pleurent?...

POTICHON.

Oh! ce jour-là, c'est grand deuil dans c'te pauvre maison.

SIMON *à part, et comme étouffé par la joie.*

Et moi, qui ne revenais qu'en tremblant!... Moi, qui me demandais... (*Haut.*) Ils sont là, n'est-ce pas?

MARIOTTE.

Non... dans c'moment, comme tous les ans, l'frère et la sœur sont à l'église, en train de faire dire une messe pour l'âme de leur père.

SIMON.

Une messe!... (*Il a ôté son chapeau, qu'il laisse tomber ainsi que son bâton, pour élever ses deux mains vers ciel.*) Une messe pour le pauvre soldat!.. Ah! les bons et nobles cœurs!.. (*A part.*) Mon Dieu! tous mes malheurs sont effacés... mon Dieu! je n'ai pas souffert, je n'ai pas pleuré... puisque vous m'avez gardé leur amour!

POTICHON, *bas*

Qu'est-ce qu'il a donc, c'bon vieux?

SIMON, *revenant à eux.*

Il sont pauvres, m'avez-vous dit?

POTICHON.

Ah! dame! cent écus d'plus par an, ça leur ferait trois cents livres de rentes.

SIMON, *à part.*

Grâces au ciel, je puis les rendre riches!

FROCHARD, *sortant de l'église, suivi de Picard qui s'éloigne par le fond, à droite. — Vivement.*

Mariotte!

MARIOTTE.

Not' maître?...

FROCHARD.

Tiens, v'là la clef de chez nous... va me chercher l'argent des quêtes.

MARIOTTE.

Oui, not' maître.

POTICHON.

J'vas avec vous, la Mariotte.

FROCHARD.

Allons, allons, qu'on se dépêche... Moi, je reste ici, en attendant Lucien et sa sœur. (*Potichon et Mariotte sortent à droite, Frochard s'est assis à une des tables du cabaret.*)

SCENE VIII.

SIMON, FROCHARD.

SIMON, *vivement, en allant à lui.*

Vous les connaissez?... vous êtes de leurs amis?...

FROCHARD, *assis.*

A qui donc?

SIMON.

A eux!... les enfants Simon!... dites, répondez-moi!...

FROCHARD.

Eh! j'crois qu'il m'interroge... Dites donc, c'est moi qui interroge les autres... (*Se levant.*) Qui que vous êtes? d'où que vous venez? où que vous allez?

SIMON.

Mais...

FROCHARD.

J'suis l'adjoint au maire.

SIMON.

Ah!... Eh bien, d'où je viens, monsieur l'adjoint?... oh! de bien loin, allez... où je vais?... là... chez moi.

FROCHARD.

Chez... vous!

SIMON.

Qui je suis?... le père de ceux que vous attendez .. je suis Antoine Simon.

FROCHARD, *tout étourdi.*

Vous!... Antoine!... Allons donc!... y a onze ans qu'il est mort.

SIMON.

On s'est trompé... pour moi, comme pour tant d'autres... prisonniers comme moi.

FROCHARD.

Comment! vous êtes... Antoine Simon!... (*A part.*) Leur père!... et un père soldat!... Diable! c'est que ça pourra contrarier mes idées sur la petite... (*Haut, et avec contrainte.*) Recevez mon compliment, caporal Simon... surtout, si, au lieu d'une bouche de plus à nourrir, vous apportez à vos enfants un peu de fortune, qui ne leur ferait point tort.

SIMON.

Un peu?... ce n'est pas assez... Geneviève doit être bonne à marier... elle épousera le plus riche de tout le pays.

FROCHARD.

Ah! bah!... Je savais bien... et de reste... que l'Empereur enrichissait ses généraux... mais on ne m'avait point dit qu'il dotait aussi messieurs les caporaux.

SIMON.

Et si c'est la fortune d'un général que je rapporte à Geneviève?...

FROCHARD.

D'un... d'un général?...

SIMON.

Ecoutez, monsieur, vous êtes adjoint au maire, vous pourrez m'aider... Oui, c'est la fortune du général Roquebert qui appartient à ma fille d'adoption.

FROCHARD, *à part, avec effroi.*

Roquebert!... Ah çà, mais qu'est-ce qu'il me dit donc, c't'homme-là?... (*Haut.*) Y a un de nous deux qui rêve, ou ben qui devient fou.

SIMON.

Ni l'un ni l'autre, monsieur l'adjoint... J'ai su, au village de Saint-Didier, à deux portées de fusil d'ici, que toute la fortune de mon général était passée entre les mains d'un arrière-petit-cousin... nommé Pierre Frochard... Vous devez savoir ça aussi, monsieur l'adjoint?

FROCHARD.

Moi?... mais... oui, oui.

SIMON.

Eh bien, nous l'en ferons sortir... car, les preuves, les papiers, tout est dans l'étude d'un notaire... et je n'ai que deux paroles à dire pour qu'il fasse reconnaître la véritable héritière.

FROCHARD.

Et ces paroles?

SIMON.

C'est devant le notaire seul que je dois les prononcer... Ah! il y a beau jour que ça serait fait, s'il n'avait pas été absent du pays, pendant le peu de temps qu'il m'a été permis d'y passer... Mais me voilà... Demain, je verrai le notaire... demain, Geneviève ne s'appellera plus Geneviève Simon, mais Emmeline Roquebert, et elle héritera de cinq cent mille livres!... Eh bien. croyez-vous encore, l'ami, que ce soit une bouche de plus à nourrir que je rapporte à ces enfants?

FROCHARD, *à part.*

Mais c'est ma ruine! ma ruine qu'il rapporte avec lui!...

SIMON.

L'office doit être bientôt fini... Je vas bravement au devant d'eux.

FROCHARD, *courant à lui.*

Arrêtez!... Oubliez-vous que... qu'ils vous croient mort!... (*A part.*) Essayons du moins de gagner du temps!

SIMON.

Eh bien... ne faut-il pas qu'ils apprennent leur erreur?

FROCHARD.

Comme ça?... tout de suite?... La petite est ben délicate, ben frêle... et ça pourrait lui porter un coup...

SIMON, *inquiet.*

Vous pensez!...

FROCHARD.

Je pense qu'il vaudrait mieux qu'un ami... les prépare adroitement... Et, si vous m'en croyez, tenez, vous me laisserez leur annoncer ça, peu à peu, avec douceur... Et puis, entrer dans cette église où on dit une messe pour vous!...

SIMON.

C'est vrai, je ne puis...

FROCHARD.

Eh ben! vous me donnerez un peu de temps?...

SIMON.

C'est ça... je vous donne dix minutes.

FROCHARD.

Allons donc!... une jeunesse, ça ne se mène pas comme un régiment.

SIMON.

Au fait... j'ai bien attendu déjà onze ans!... Je vous donne un quart d'heure.

FROCHARD.

Mais...

SIMON.

Et, d'ici là... je me tiendrai à la porte de l'église... je les garderai de loin, je les mangerai des yeux!... Se retrouver en de ses enfants, pendant qu'ils disent une messe pour le rep[os de] votre âme!... Cette pensée-là ça me serre le cœur!... (*Il ô[te son] sac, qu'il pose sur une des tables du cabaret.*)

FROCHARD, *à part.*

Comment que j'vas m'y prendre?...

SIMON, *allant à lui.*

C'est dans la maison du bon Dieu que je vais les revoir la première fois!... ça doit me porter bonheur, n'est-ce pa[s?] (*Il va vers l'église.*)

FROCHARD.

Oui... oui... Pas un mot à personne, surtout!...

SIMON.

A personne... Soyez donc paisible... je connais ma cons[igne.] (*Il entre peu à peu dans l'église.*)

SCENE IX.

FROCHARD, *seul, éclatant.*

Ah! gueux de Simon!... Comment parer ce coup-l[à?] Quoi! faudra rendre les biens, les fermes, l'argent... tou[t,] tout!... Ah! si j'avais été prévenu... si seulement j'avai[s eu] quéque temps devant moi... j'aurais cherché... j'aurais trou[vé...] oui, j'aurais trouvé un moyen... on en trouve toujours [pour] sauver une fortune pareille... Pardine! la petite me plaît... ben, si j'avais su le mystère, je l'aurais épousée... de bon[ne heure] pour toujours... et alors, qué qu'ça m'aurait fait que la fo[rtune] y appartienne?... J'aurais mis dans le contrat la commu[nauté] des biens... Mais, à présent!... Ah! si j'avais du temps!...

SCENE X.

FROCHARD, *puis* MARIOTTE, *puis* POTICHON.

MARIOTTE, *accourant dans le plus grand désordre et se lai[ssant] tomber sur une chaise.*

Not' maître!... monsieur Frochard!...

FROCHARD.

Eh ben, qu'est-ce?... qu'y a-t-il?

MARIOTTE, *pouvant à peine parler.*

Des voleurs, not' maître!...

FROCHARD.

Hein!... T'expliqueras-tu?... (*Il l'arrache brusquement [de sa] chaise et la fait pirouetter.*)

MARIOTTE.

Oui, not' maître... Eh ben, c'est... c'est... c'est des vol[eurs.]

FROCHARD.

Encore!

MARIOTTE.

Ils ont pris l'argent de la quête!...

FROCHARD.

L'argent de la quête!...

MARIOTTE.

Les six cent vingt-sept livres que vous m'aviez envoyé cher[cher]!... Quand je suis arrivée, l'bahut était grand ouve[rt,] l'argent était parti! (*Pleurant.*) Oh! c'est pas ma faute, [not'] maître, c'est pas ma faute!... J'suis bête, j'suis très-bête, mais je suis une honnête fille, not' maître!

FROCHARD.

Eh! qui t'dit que ça soit toi?... Mais qui ça peut-il êt[re?]

POTICHON, *entrant.*

Monsieur Frochard, v'là une lettre pour vous.

FROCHARD.

Une lettre?...

POTICHON.

C'est le fils Picard qui me l'a remise, au moment de se ...ttre en route.

FROCHARD.

Le fils Picard!... Que signifie?.. (*Il ouvre la lettre et se met ...ire.*)

POTICHON bas.***

Qué que vous avez donc, Mariotte? (*Mariotte lui parle bas.*)

FROCHARD, *tout à coup.*

Qu'est-ce que je vois là?... Comment!... lui!..

POTICHON, *éclatant.*

Ah! les gueux!... l'argent de l'église!... l'argent du tronc!

FROCHARD, *lisant à part.*

« Ne déshonorez pas mon père, il en mourrait... J'étais ivre... avais perdu au jeu... et le vin, qui m'avait rendu fou, m'a ...endu criminel... Mais je travaillerai, monsieur, je travaillerai ...our vous restituer jusqu'au dernier sou... »

POTICHON, *haut.*

...près ça, y vient tant d'vagabonds dans le pays!... Tenez, ce ...in encore... ce vieux, qui n'était peut-être bien qu'un faux ...taire...

FROCHARD, *vivement.*

...ein?... comment! tu... Bah! qué folie!

MARIOTTE.

...oupçonner ce bon vieux homme!... allons donc! je mettrais ... c'que j'ai dans le feu pour répondre de lui.

FROCHARD, *brusquement.*

...u le connais donc, toi?

MARIOTTE.

...a fine, non... mais ça ne peut pas être lui... le vieux n'est ...vé qu'à ce matin, et faut que ça soit hier que le vol a été ...mis.

FROCHARD, *avec humeur.*

...ourquoi?...

MARIOTTE.

...ourquoi?... Parce qu'y pleuvait hier, que la terre est toute ...e à c'matin, et c'ty-là qu'est entré a laissé des marques de ...iers dans la chambre... C'est pas tout! .. faut aussi que ça ...nuitamment, vu qu'il a coulé deux gouttes de rat de cave ... carreau.

POTICHON, *étonné.*

...ens! tiens! tiens! la Mariotte!

FROCHARD, *mécontent.*

...is ça n'empêcherait pas que ce prétendu soldat... ou quel...tre vagabond...

MARIOTTE.

...n!

FROCHARD.

... non?

MARIOTTE.

...n, faut encore que ça soye quéqu'un du village...

FROCHARD, *avec colère.*

...is pourquoi?.. pourquoi?...

MARIOTTE.

...ce qu'y a, dans la grand' salle, un grand beau secrétaire tout ...t, où c'qu'on ne met jamais rien, et un vieux bahut tout ... où c'qu'était l'argent... parce que le beau secrétaire n'a pas ...nt seulement touché, que le vieux bahut est forcé... et ... homme du dehors aurait dû aller tout naturellement et ...oit à votre beau secrétaire tout neuf.

FROCHARD.

...ns! en v'là assez!

MARIOTTE.

...ès ça, dame, peut-êtr' ben qu' je me trompe... j'suis si ...noi, m'sieu!

POTICHON, *en admiration.*

... mais! comme elle va, la Mariotte!

FROCHARD.

...errai... j'interrogerai... (*Apercevant Picard.*) Le père Pi... saurait-il que son garçon?... (*A Mariotte et Potichon.*) ...vous-en au plus tôt... allez me chercher la brigade de gen...rie. (*Picard chancelle et s'appuie sur la table du cabaret.*)

MARIOTTE.

... notr' maître... j'y vas.

POTICHON.

... encore avec vous, la Mariotte. (*Ils sortent.*)

SCENE XI.

...ARD, PICARD. (*Picard, qui s'est tenu à l'écart, tremblant ... baissée, s'avance respectueusement, le chapeau à la main.*)

FROCHARD.

... avez à me parler, père Picard?...

PICARD, *d'une voix troublée.*

Monsieur Frocha d... un vol a été commis chez vous...

FROCHARD.

Ah! vous savez ça?

PICARD.

Oui, je...

FROCHARD.

Et savez-vous aussi le nom du voleur?

PICARD.

Son nom est inutile à dire, monsieur Frochard... puisque .. voilà l'argent que je vous rapporte.

FROCHARD, *prenant le sac que lui présente Picard, l'examinant et souriant.*

Non.

PICARD, *inquiet.*

Comment?...

FROCHARD.

Il y a là dedans quelques vieilles pièces d'or qui ne se trouvaient point dans la somme volée... (*Lui rendant le sac.*) Ce que vous m'apportez là, Picard, c'est le fruit de vos longues économies.

PICARD.

Que vous importe?... pourvu que le compte y soit.

FROCHARD.

Il m'importe beaucoup, père Picard... Chacun sait déjà dans le pays que le vol a été commis... Quand on apprendra que l'argent est rentré, on me demandera peut-être ben d'où qu'il revient... et, si je vous nomme, faudra qu'à votre tour vous nommiez le coupable.

PICARD, *effrayé.*

Le nommer!

FROCHARD.

Ça ne vous va pas?... remportez donc l'argent, père Picard; on commencera les poursuites.

PICARD.

Monsieur Frochard!... au nom du ciel!... n'est-il aucun moyen?...

FROCHARD.

Peut-être ben... (*Regardant à la dérobée le sac laissé par Simon.*) Peut-être ben... Ecoutez, père Picard : y a quéque part, dans le pays... un mauvais gars, que je ne connais point... qu'est l'auteur du vol, et que vous voulez sauver, pas vrai?... Y a ici un pauvre diable, un malheureux, à qui j' veux faire quitter le pays...

PICARD.

Après?...

FROCHARD.

Eh ben... c't'argent, que je ne veux pas garder et que vous ne voulez pas reprendre... (*montrant le sac de Simon*) mettez-le là-dedans...

PICARD.

Là-dedans?... et pourquoi?...

FROCHARD.

Pourquoi?... c'est son sac, à ce mendiant. . je le renvoie, mais je veux le secourir.

PICARD.

Le secourir?... oui, je comprends ça... mais, le voleur?. .

FROCHARD.

J' vous promets de n' point l'faire arrêter...

PICARD.

Et les pauvres?

FROCHARD

Y n'y perdront point... je rendrai l'argent petit à petit, d' ma bourse.

PICARD.

Alors... si c'est comme ça...

FROCHARD.

Je m'y engage... Eh! allez donc!... dépêchez-vous!...

PICARD, *mettant l'argent dans le sac, et trouvant sous sa main des papiers pliés.*

Tiens!... des papiers!...

FROCHARD, *les prenant.*

Bon, je sais ce que c'est... Fermez le sac... (*A part.*) Une feuille de route, c'est ben ça... (*Lisant.*) Antoine Simon... Allons donc!... (*Déchirant le papier.*) Tu n'es plus qu'un mendiant sans papiers et sans aveu... Antoine Simon!... y a onze ans que les bulletins de l'armée l'ont porté mort!

PICARD.

Et... maintenant, monsieur Frochard?...

FROCHARD.

Maintenant, père Picard, allez retrouver le voleur... dites-lui de ne pas se trahir, qu'il reste tranquille, que je ne veux pas le livrer.

PICARD.

Merci, merci!... Ah! vous venez de me sauver la vie!

FROCHARD.

Allez vite! allez!... (*Picard sort.*)

SCENE XII.

FROCHARD, SIMON, PAYSANS, *puis* LUCIEN *et* GENEVIEVE.

SIMON, *sortant de l'église en perçant la foule.*

Je les ai vus!... ils viennent!... les voilà, monsieur, les voilà!... (*Lucien et Geneviève sortent de l'église et se dirigent vers leur maison. Les paysans s'éloignent de tous les côtés : quelques-uns s'attablent au cabaret; plusieurs jeunes filles forment un groupe au fond.*)

SIMON, *à l'écart.*

Ah! comme le cœur me bat!... qu'ils sont beaux, mes enfants!

GENEVIÈVE, *montrant Simon.*

Lucien... un soldat...

LUCIEN.

Oui, comme l'était notre père. (*Il salue respectueusement Simon; puis il rentre dans la maison avec Geneviève.*)

SIMON.

Ah! je n'y résiste plus!...

FROCHARD, *le retenant.*

Arrêtez!

SIMON.

Soit; mais allez, allez vite les préparer!... vous me l'avez promis!...

FROCHARD, *d'un ton sévère, en élevant la voix.*

Un instant!... et répondez-moi... Car, avant que je leur dise qui vous prétendez être...

SIMON, *étonné.*

Qui je prétends être?...

FROCHARD.

Oui, monsieur, oui... qui... vous... prétendez être...

SIMON.

Mais, vous savez...

FROCHARD.

Je sais... ce qu'il vous a plu de me dire... mais y faut que j'sois bien certain... enfin... y faut que je constate votre identité.

SIMON.

Ah çà, monsieur, est-ce bien à moi que vous parlez?

FROCHARD.

A vous même... et tous ceux ici présents vous diront que c'est mon droit, et de plus, mon devoir.

LES PAYSANS.

C'est vrai, c'est vrai!

SIMON.

Mais je vous ai dit mon nom, je vous ai dit qui je suis.

FROCHARD.

Excusez... il nous vient ici bien des vagabonds, qui se donnent pour de vieux soldats...

SIMON, *avec force.*

Malheureux!... (*Froidement.*) Achevez, monsieur, achevez. (*Les paysans se lèvent, s'approchent et prêtent l'oreille.*)

FROCHARD.

Eh bien, vous avez pris le nom d'un homme qui passe pour mort depuis onze ou douze ans, ce qui fait que je ne vous crois guères... de plus, il faut bien vous le dire, un vol a été commis chez moi, ce matin...

SIMON, *hors de lui.*

Un vol!... (*Allant froidement à Frochard et le prenant par un bouton de sa veste.*) Dites-moi donc, monsieur, à quel propos me parlez-vous de vol, à moi?

FROCHARD.

Vous l'apprendrez, quand nous saurons qui vous êtes.

SIMON, *courant à son sac.*

Ça ne sera pas long... et après, malheur à vous, monsieur!... (*Revenant à lui.*) Comment vous appelle-t-on?

FROCHARD.

Moi?... je... je me nomme Frochard.

SIMON, *vivement.*

Frochard!... le parent du général Roquebert!... son héritier, à qui je viens faire rendre gorge!... Ah! je crois que je devine, Pierre Frochard... (*Allant à la table et fouillant dans son sac.*) Oui, oui, tu médites quelque infâme machination... (*Cherch[ant] toujours.*) Mais... mais... je ne te crains pas... mais... (*A[vec] force.*) Mais où sont-ils donc, ces papiers?

FROCHARD, *bas, aux paysans.*

Papiers absents... je m'en doutais.

SIMON.

Ils étaient là, cependant, là!... (*Trouvant le sac d'écus.*) l'argent!

FROCHARD.

Diable! vous êtes riche, dà... pour un homme sans papi[ers], sans aveu... (*Simon le regarde sans comprendre.*) Eh bien! [ga]geons que je sais mieux que vous la somme que vous po[ssé]dez...

SIMON, *effaré, tenant toujours le sac d'argent.*

La somme?... la...

FROCHARD, *vidant sur la table le sac d'argent, et avec force.*

Comptez, vous autres!... il y a là dedans six cent vingt-s[ept] livres... car c'est les six cent vingt-sept livres des pauvres [que] l'on m'a volés!

SIMON, *au comble de la colère.*

Misérable!... (*Il s'élance sur Frochard, plusieurs paysans [le] saisissent et l'arrêtent, d'autres paysans accourent du deh[ors.] Simon, se débattant.*) Voleur!... moi!... moi!... mais vous l'avez donc pas entendu!... il a dit... que j'avais!... volé (*Poussant un grand cri et portant les mains à son visa[ge.]*) Volé!... Ah!... (*Il tombe comme frappé d'apoplexie, on l'entou[re.]*)

GENEVIÈVE, *sortant de la maison.*

Quel est ce bruit?... (*Apercevant Simon étendu à ter[re.]*) Grand Dieu!... qu'est-il arrivé? (*Elle aide à le soulever. Pe[u à] peu, Simon revient à lui. Il regarde tous ceux qui l'entourent[;] ses yeux rencontrent Geneviève.*) Mais qu'avez-vous donc, m[on]sieur?... (*Simon essaye de lui répondre, mais ses efforts r[é]el[s] sont vains, il ne pousse que des sons inarticulés. Reconnais[sant] alors qu'il a perdu la parole, il pousse un soupir, et reto[mbe] assis en pleurant.*)

FROCHARD, *se penchant vers Simon, et à voix basse.*

Partez!... quittez le pays!... je ne veux pas vous livre[r.] (*Simon le regarde avec mépris.*) Mais partez donc!...

LUCIEN, *entrant.*

Qu'est-ce donc!... que se passe-t-il ici?

FROCHARD, *à demi-voix.*

C'est ce malheureux, que je ne veux pas faire arrêter... q[uoi]qu'il ait volé l'argent des pauvres!

LUCIEN, *avec force.*

L'argent des pauvres!... (*A la voix de son fils, Simon relè[ve vi]vement la tête, un éclair de joie brille dans ses yeux. Il s'ap[pro]che de Lucien, toujours soutenu par des paysans, veut parle[r, se] justifier... mais il ne peut que porter ses mains à sa bou[che] comme pour en arracher la parole, et retombe sans mouvem[ent.]*)

ACTE III.

Une salle de la maison Simon, au rez-de-chaussée. — Porte au fon[d.] Une fenêtre de chaque côté de cette porte, donnant sur la place du vi[llage.] — A gauche, au deuxième plan, une porte; au-dessus, et devant u[n] coup[é], un bahut. — Du même côté, une table — Chaises à droit[e,] le devant, un grand fauteuil. — Du même côté, au fond, sur le pan c[oupé] est le portrait de Catherine, en costume de paysanne.

SCENE I.

POTICHON, GERMOND.

GERMOND, *au fond, un grand portefeuille sous le bras, reme[ttant] un papier à Potichon.*

Tu remettras ce papier à Lucien, dès qu'il rentrera av[ec sa] sœur...

POTICHON.

Oui, monsieur le notaire.

GERMOND.

Tu lui diras que c'est avec regret, avec douleur que j'ex[écute] les ordres qui m'ont été donnés par mon client... que j'ai [cher]ché à obtenir un dernier délai... mais qu'on a été inflexi[ble] et j'ai dû remplir mon devoir... (*Prêt à sortir, se retourn[ant.]*) Tu ne remettras ce papier qu'à Lucien... à lui seul, entend[s-tu?]

POTICHON.

Oui, monsieur le notaire. (*Germond sort.*)

POTICHON, *seul.*

oilà une commission qui n'est pas agréable à faire!... Pau- monsieur Lucien!... chaque fois que je lui remets un de vilains papiers, où c'qu'il y a un gros timbre, je vois bien que e tourmente... il les froisse dans sa main, on dirait qu'il : les... Oh! mamzelle Geneviève! (*Il se tient au fond.*)

SCENE II.

ICHON, GENEVIÈVE, *puis* LUCIEN. (*Geneviève entre len- ment par la porte à gauche, tenant un livre ouvert, passe de- nt Potichon sans le voir, et va s'asseoir dans le grand fau- uil.*)

POTICHON, *à part.*

a v'là encore dans ses tristesses... A c't'âge-là, ça devrait rire, ser, au lieu de... (*Lucien paraît.*) Ah! monsieur Lucien!... *faisant signe, et très-bas.*) Pst! pst!

LUCIEN.

u'est-ce?

POTICHON, *montrant Geneviève.*

aut! (*Il lui remet le papier.*)

GENEVIÈVE, *se retournant.*

ein?

LUCIEN.

ien!... rien!... (*Geneviève se remet à lire.*)

POTICHON, *à part.*

a encore froissé celui-là... c'est-y drôle, l'effet que ces gros bres-là font sur lui!...

LUCIEN.

aisse-nous. (*Il jette le papier qu'il a froissé.*)

POTICHON

ui, monsieur Lucien... (*A part.*) Décidément il n'aime pas gros timbres-là. (*Il sort au fond.*)

SCENE III.

LUCIEN, GENEVIÈVE.

LUCIEN, *près du fauteuil.*

eneviève....

GENEVIÈVE.

on... mon frère...

LUCIEN.

ue lis-tu là?

GENEVIÈVE.

 livre de prières de notre mère... D'elle, au moins, il nous ce souvenir... et de notre pauvre père, rien!

EN, *prenant le livre et le regardant avec une sorte de vénération.*

 livre!... oh! conservons-le toujours, conservons-le pré- sement... et, si jamais on nous prend tout ce qu'il y a ici, u'à cette maison où nous sommes nés!...

GENEVIÈVE, *troublée et se levant.*

ous la prendre!... qui donc!... et pourquoi?

LUCIEN, *se contraignant.*

 ne sais... Mais, alors même, nous emporterons cette der- e relique... qui nous rappellera que notre mère fut une pieuse ne, craignant Dieu... et à moi, qu'Antoine Simon, notre , fut un homme de bien (*Il porte le livre à ses lèvres. viève semble l'interroger du regard.*) Ecoute, Geneviève... jeune que moi de quelques années, tu ignores quels mauvais ncts signalèrent mon enfance...

GENEVIÈVE.

!... non!... je ne te crois pas!... toi, Lucien, si bon!...

LUCIEN.

ors, pourtant, j'étais brusque, violent, emporté... A ce , qu'un jour!... (*Se tournant vers le portrait.*) Oh! ma e mère, je t'en demande pardon!... Réprimandé par elle, me révolter contre ses justes reproches... une menace in- te s'échappa de ma bouche, et ma main...

GENEVIÈVE.

!

LUCIEN.

n père s'élança vers moi, tremblant et pâle de colère!... us qu'il allait me tuer!... Mais, se calmant tout à coup.. ne pour m'apprendre à me calmer moi-même... il alla dre, là-bas, dans le bahut, ce vieux livre d'église... Il se fit uer par ma mère la page où sont écrits les saints comman- nts de Dieu... puis, les deux lignes où le Seigneur nous ordonne d'honorer nos père et mère... Je suivis des yeux le doigt qui marchait sur le livre .. je lus!... et, brisé de honte, je fléchis le genou devant ce double commandement de Dieu et de mon père... puis, les yeux pleins de larmes, je courus bai- ser les pieds de notre mère... Lui, alors, le brave soldat, me tendit la main, me releva, et fit cette croix que voici aux lignes que j'avais lues... pour me rappeler toujours ma faute et mon repentir... De ce jour, Geneviève, j'appris à dompter mes em- portements... de ce jour, j'honorai ma mère et je devins un bon fils.

GENEVIÈVE, *attendrie.*

Ah! béni soit le saint livre qui t'a sauvé! (*Elle va déposer le livre dans le bahut.*)

LUCIEN.

Oui, remets-le à la place où notre mère le déposait... qu'il ne quitte jamais le vieux bahut... que le jour... (*achevant à part*) le jour où notre dernier meuble sera vendu sur la place publi- que!

GENEVIÈVE, *revenant à lui, inquiète.*

Qu'allais-tu dire?... Lucien! tu me caches quelque chose!

LUCIEN, *avec douceur.*

Et, quand cela serait?... quand je te volerais ta part de quel- ques petits chagrins?... ne suis-je pas au monde pour t'en pré- server!... pour te rendre heureuse!... (*la pressant sur son sein avec tendresse*) pour t'aimer, ma Geneviève!... mon ange adoré!... ma... (*Il va poser ses lèvres sur son front.*)

GENEVIÈVE, *se dégageant tout à coup.*

Oh! non!... non!... (*Elle lui jette de loin un regard suppliant.*)

LUCIEN, *avec désespoir.*

Ah! mon Dieu!...

SCENE IV.

LES MÊMES, FROCHARD.

FROCHARD, *au fond.*

Seuls!... tant mieux!

LUCIEN.

Monsieur Frochard!

GENEVIÈVE, *bas.*

Lui!

FROCHARD.

Vot' serviteur, mamzelle Geneviève... (*Après une pause.*) Monsieur Lucien, vous m'avez dit que vous n'auriez jamais be- soin de moi... c'était fier... Eh ben, voyez comme je suis!... ça ne m'empêche pas de venir, quand j'ai p't-être quéque chose de bon à vous dire.

LUCIEN.

A moi, monsieur Frochard?

FROCHARD.

Oui. Je serais même venu plus tôt, si j'avais pas été retenu par c'te satanée affaire de vol.

GENEVIÈVE.

Ah!... ce malheureux..

FROCHARD.

Pas si malheureux... puisque je l'ai laissé filer... V'là toujours comme je suis, moi!.. Je fais le méchant, je crie... absolument comme ces gros chiens qui aboient et qui ne mordent pas... Quand les gendarmes sont arrivés : trop tard, que je leur ai dit, ça sera pour une autre fois.

GENENIÈVE.

Et... cet homme?...

FROCHARD.

Doit être loin, s'il court toujours. (*A part.*) C'est égal, g'n'y a pas une minute à perdre. (*Haut.*) Pour en revenir à ce qui m'amène...

LUCIEN, *sèchement.*

Ce qui vous amène, je l'ignore, monsieur... mais ce que je sais bien, c'est que vos assiduités près de ma sœur ont attiré l'attention du pays... c'est que vos projets, dont vous n'avez pas eu soin de faire mystère, sont un outrage pour notre fa- mille... c'est que votre présence même dans cette maison est une nouvelle insulte!... Voilà tout ce que je sais et tout ce que je veux savoir, monsieur!

FROCHARD, *souriant.*

Ah! vous connaissez mes projets?... ah! j'outrage mamzelle Geneviève?... Eh ben! gageons que je vas bien vous étonner... gageons que vous allez tout à l'heure me tendre la main...

LUCIEN.

A vous!...

FROCHARD.

Et je n'ai qu'un mot à dire pour cela... Monsieur Lucien, je suis riche, le plus riche du pays... vous êtes pauvre, endetté... (*mouvement de Lucien*) endetté de cinq mille cent soixante-six livres quarante centimes... vous voyez que je sais le chiffre... Eh bien! moi, Frochard, le cousin et l'héritier du général Roquebert, je viens vous demander... la main de mademoiselle Geneviève!

LUCIEN.

Sa main!

FROCHARD, *content de lui-même.*

C'est-y une insulte, ça?... hein?

LUCIEN, *avec force.*

Je refuse, monsieur! (*Il serre contre lui Geneviève, comme s'il craignait qu'on la lui enlevât.*)

FROCHARD, *très-étonné.*

Hein?... plaît-il?... mais vous n'avez donc pas compris?

LUCIEN.

Je refuse!... (*A lui-même.*) Elle... la marier... elle, la femme d'un autre!... Oh! cette horrible idée ne m'était pas encore venue!

GENEVIÈVE, *bas.*

Lucien! Lucien! je ne veux pas te quitter!

FROCHARD, *à part.*

Est-ce qu'il saurait le secret d' la naissance de Geneviève?... Faut qu'y m' dise ça.

LUCIEN, *lui montrant la porte.*

Rien ne vous retient plus ici.

FROCHARD, *reprenant son chapeau, se couvrant et changeant de ton.*

Ah! pardon, pardon... j'ai encore quéque chose à vous demander... Voyez donc sur ce papier froissé, qui est là, par terre, si c'est ben cinq mille cent soixante-six livres quarante centimes... (*Geneviève fait un mouvement pour ramasser le papier, Lucien la devance précipitamment.*)

LUCIEN.

Que vous importe?... Cette somme, je la dois à l'homme qui m'a loué ses champs...

GENEVIÈVE, *à part.*

Qu'entends-je!

FROCHARD.

Non pas, s'il vous plaît... à moi, à moi, que j'ai acheté sa créance... regardez sur le papier.

LUCIEN, *qui a lu.*

Ciel!

GENEVIÈVE.

A lui!

FROCHARD.

Et vous voyez, je me suis mis en règle... il y a jugement... et la maison, que vous aviez hypothéquée, va être vendue...

GENEVIÈVE.

Vendue!

FROCHARD.

Demain... ce qui fait qu'il faut en sortir aujourd'hui.

GENEVIÈVE, *tombant assise à gauche.*

Oh! malheur!

FROCHARD.

A moins que vous ne consentiez, mamzelle Geneviève, à...

LUCIEN.

A ce mariage!... plutôt mille fois la ruine!... plutôt mille fois la mort!

FROCHARD.

La mort?... (*L'observant attentivement.*) Savez-vous bien, monsieur Lucien, que ce n'est point le refus d'un frère qu' vous v'nez d' m'adresser là.

LUCIEN.

Et qu'est-ce donc, monsieur?

FROCHARD, *se rapprochant et plus bas.*

Ça ressemble plutôt au refus d'un rival.

LUCIEN, *troublé.*

D'un rival!...

GENEVIÈVE.

O ciel!

FROCHARD, *à part.*

Il sait la chose! (*Haut.*) Et faut faire attention... le n est quéque fois ben méchant... Pour elle, pour son hon mon bon monsieur Lucien, j'vous conseille de la marier

LUCIEN.

Sortez, monsieur!... mais sortez donc!

FROCHARD, *d'un air doucereux.*

Réfléchissez, mon bon monsieur Lucien... je reviendrai cher votre dernier mot... et pensez-y ben. (*Il sort.*)

SCENE V.

GENEVIÈVE, LUCIEN.

GENEVIÈVE, *allant tomber dans le fauteuil.*

Ah!... nous sommes perdus!... Un horrible soupçon sur nous!... et ce n'est pas assez de ce malheur, de cette ho voici la ruine qui nous vient aussi!

LUCIEN.

Eh! qu'importe la ruine, la misère?... qu'on nous dépo qu'on nous chasse, qu'on nous jette sur la route, comme vagabonds!... Nous irons demander du travail de ferm ferme... Je suis jeune, je suis fort... et, s'il le faut, pour oui, pour toi, je mendierai!... Ce qui est affreux, ce qui est rible, ce n'est par cela!... c'est qu'un homme ose t'aime vienne ici me demander ta main!... c'est... (*d'une voix so* c'est la jalousie qui me dévore!... c'est l'amour qui me Geneviève!...

GENEVIÈVE, *effrayée.*

Lucien!

LUCIEN.

C'est l'amour... dont tu meurs aussi!... cet amour, que permet cependant, et dont les hommes nous feraient un c

GENEVIÈVE, *se relevant.*

Tais-toi!... tais-toi!

LUCIEN.

Séparés, séparés à toujours par la loi!... par un acte ine ble, indestructible!... Mais, mon Dieu! il doit y avoir preuve, un indice antérieur à tous leurs actes, qui dise qu sœur est morte, que tu n'es pas la fille de Simon et de C rine!

GENEVIÈVE.

Non, rien!... rien!... Qui donc pourrait dire le secre notre naissance?... Ce secret, que notre mère nous a révélé mourant... là, sur ce fauteuil... elle l'a emporté dans la tomb ce secret, il a été enseveli, avec notre père, sous la pous d'un champ de bataille!

LUCIEN.

Et il faut se courber sous cette destinée implacable!... il souffrir, toujours souffrir, en maudissant le jour...

GENEVIÈVE.

Oh! par pitié, silence!... quelqu'un!

SCENE VI.

LES MÊMES, MARIOTTE.

MARIOTTE, *entrant brusquement.*

Ah! tenez, m'sieur, mamzelle!... c'est p't-être bien bêt que je fais là... Mais enfin, voilà ce que c'est!

LUCIEN.

Quoi donc, Mariotte?...

GENEVIÈVE.

Qu'est-ce qui t'amène, ma pauvre fille?

MARIOTTE.

Je montais donc la grande côte... quand, arrivée tou haut... je vois... je reconnais... qui?... ce soldat que M. chard a accusé!... Il était sur une pierre, au bord de la rou

GENEVIÈVE.

Lui!

MARIOTTE.

Comment! que je fais, les gendarmes sont encore là, qui vent courir après lui, et v'là comme il se sauve!.. C'es naturel, ça...

GENEVIÈVE.

En effet!

MARIOTTE, *à Lucien.*

Il me semble qu'un voleur... un vrai, un bon... ne rest

comme ça à attendre la gendarmerie... Après ça, avertissez-si je suis trop bête.

LUCIEN.

on... ta remarque est juste... Continue.

MARIOTTE.

m'avance vers lui... j'y demande ce qu'il fait là... Il se re-ne de mon côté... et, dans ses yeux, dans ses mains qu'il ochait de sa bouche, je lis... oh! mais, comme si qu'on dans un livre... « Vous savez bien que je ne peux pas vous ndre!... vous savez bien que ne peux plus parler! »

LUCIEN.

oi!...

MARIOTTE.

de grosses larmes coulaient sur sa figure... Ah! tenez, zelle... j'ai vu ben des fois pleurer Potichon, quand j'y re-s... je ne sais plus quoi qu'y m'demandait... et ça me fai-toujours rire... Eh ben! de voir pleurer ce vieux soldat, ça fait partir comme une fontaine... (*Sanglottant.*) Hein! suis-assez bête?

GENEVIÈVE, *lui serrant la main.*

on, va... tu es bonne, voilà tout.

LUCIEN.

près?...

MARIOTTE.

près... Ah! v'là qui va vous étonner... Il a étendu vers le ge sa main qui tremblait, et m'a montré... quoi?... votre on!... comme s'il voulait me dire : C'est là!... c'est là!

LUCIEN.

soldat?... c'est étrange!... aurait-il connu notre père?...

MARIOTTE.

i, que je l'y réponds, c'est de braves jeunes gens, qui vous ont à vous justifier... Voyons!... vous ne pouvez pas rester r c'te pierre... c'est pas une position... Tenez! si vous volé, partez, sauvez-vous!... mais si vous êtes innocent... en! suivez-moi! et il m'a suivie!

GENEVIÈVE, *à Lucien, avec joie.*

vois!... tu vois!

LUCIEN.

, où est-il?

MARIOTTE.

... tremblant... n'osant plus faire un pas, avant que vous y dit...

LUCIEN.

bien, fais-le entrer!

SCÈNE VII.

MÊMES, SIMON. (*Simon, laissant tomber son bâton de yage, s'élance vers ses enfants, comme pour les embrasser, is il s'arrête, se contraint, et se borne à baiser la main de Gene-ève... puis, au moment de baiser celle de Lucien: Cette main, mble-t-il dire, cette main s'est étendue pour me chasser, et je se la toucher.*)

LUCIEN.

vous accusait d'avoir volé... volé l'argent des pauvres!... vous pouviez fuir et vous voilà!... vous n'êtes donc pas able?...

MARIOTTE, *qui a approché une chaise à Simon.*

rdine!

SIMON.

oi, voler!... moi, soldat... mettre cette main loyale sur le d'autrui!... Non! non!... je puis marcher la tête haute, et der chacun en face!... Moi, voler!.. Jamais!... jamais! (Il asssis.)

GENEVIÈVE.

! oui, je vous crois!... S'il avait été coupable de cette ac-nfâme... réponds, mon frère... ce seul mot de vol l'aurait-il é d'un coup si terrible?

MARIOTTE.

là ce que je dis moi même!

LUCIEN.

vous revenez pour vous justifier... pour confondre vos teurs, n'est-ce pas?

SIMON.

on.)

GENEVIÈVE, *étonnée.*

a?... Pourquoi donc êtes-vous rentré dans le village?

SIMON, *se levant et se plaçant entre eux.*

(*Pour vous voir!... pour vous prendre tous deux par la main... ainsi... et vous regarder longtemps!...*)

LUCIEN.

Pour nous voir?...

GENEVIÈVE.

Nous... nous regarder?... (*Tout à coup.*) Ah! mon Dieu! se pourrait-il?... Soldat comme notre père, vous l'avez peut-être connu?...

SIMON.

(*Oui.*)

GENEVIÈVE.

Vous avez... il a connu notre père, Lucien!

LUCIEN, *tristement.*

Vous l'avez peut-être vu mourir?

SIMON.

(*Non.*)

LUCIEN.

Il est mort cependant!

SIMON, *se levant.*

(*Non.*)

LUCIEN.

Non!

GENEVIÈVE, *avec un cri d'espoir.*

Mon frère!... il a dit!...

MARIOTTE.

Il a dit non!

LUCIEN, *allant à Geneviève, très-ému.*

Ma sœur!... (*Frochard paraît au fond.*)

SCÈNE VIII.

LES MÊMES, FROCHARD.

LUCIEN.

Monsieur Frochard!... (*A ce mot, Simon saisit la chaise sur laquelle il s'était assis et va s'élancer sur Frochard.*)

LUCIEN, *se jetant au-devant de lui.*

Arrêtez!... (*Simon laisse retomber lentement la chaise et regarde Frochard avec mépris.*)

FROCHARD, *à demi-voix.*

Lui, ici!... on ne m'avait pas trompé.

MARIOTTE, *qui se trouve près de Frochard, au fond*

Et c'est moi que j' l'y ai conduit...

FROCHARD, *avec colère.*

Toi!... imbécile!

LUCIEN, *sévèrement.*

Encore vous, monsieur!

FROCHARD.

Je vous avais dit que j' viendrais chercher votre dernier mot... et puis, j' suis venu aussi par intérêt pour ce brave homme... (*Mouvement d'indignation de Simon, qui semble dire : Pour moi?... je ne veux pas de votre intérêt!*)

LUCIEN.

Expliquez-vous, parlez.

FROCHARD, *les prenant à part, et les amenant sur le devant à droite.*

Eh ben... (*Mariotte se place entre Simon et le groupe, retenant Simon, qui paraît inquiet.*) J'crois, à part moi, que ce malheureux-là est fou!

GENEVIÈVE.

Lui!...

LUCIEN.

Allons donc!

MARIOTTE.

Plus souvent! (*Simon les interroge du regard et du geste; il semble inquiet de ce qui se dit tout bas.*)

FROCHARD.

La preuve, c'est qu'y s'est présenté dans l' pays comme un soldat mort depuis longtemps... Est-ce qu'il ne vous a pas parlé d'ça?

LUCIEN.

Non.

FROCHARD.

Eh ben, y s'est donné... pour... Antoine Simon.

GENEVIÈVE.

Se peut-il ?

LUCIEN.

Que dites-vous ?

FROCHARD, *bas.*

Vous allez voir... (*Haut en passant au milieu.*) N'est-ce pas, brave homme, que vous êtes Antoine Simon?... (*Simon semble dire que c'est en effet son nom.*)

FROCHARD.

Oui?... Eh ben, où sont-ils donc, vos papiers?... (*A Lucien et à Simon.*) Il n'a même pas de papiers !

LUCIEN, *ramené soudain au doute, mais toujours avec ménagement.*

Mais, monsieur, notre père est mort sur un champ de bataille...

SIMON.

(*C'est faux!... Un jour, en effet, il a été blessé, laissé pour mort; ses camarades ont passé près de lui, en lui jetant un dernier regard de regret et de pitié; et, quand il a recouvré ses sens, quand il a pu les appeler, ils étaient loin, bien loin, et les ennemis sont venus, qui lui ont lié les mains et l'ont emmené prisonnier. Il a été, pendant onze années, enseveli dans les mines et condamné aux plus rudes travaux.*)

LUCIEN.

Dans les mines !...

GENEVIÈVE.

Pendant onze ans!...

SIMON.

(*Longtemps il a pleuré sa patrie absente et ses enfants abandonnés... Mais, un jour enfin, l'heure de la liberté a sonné pour lui! Il a brisé ses chaînes et revu la lumière du soleil! .. Quel long et pénible voyage!... Parfois, manquant de pain, il a été obligé de tendre la main aux passants, en cachant sa croix. Mais, quand il a vu de loin le toit sous lequel vivaient ses enfants, quand il a entendu les cloches de son église, son cœur a battu de joie, deux larmes ont coulé de ses yeux... Il allait les revoir, eux, les presser dans ses bras!... car il est bien leur père, il est bien réellement Antoine Simon... quand cet homme, qui est là présent, l'a accusé de vol... Oh! malédiction sur cet homme!*)

FROCHARD, *surmontant son trouble.*

Est-ce que vous croyez à ce qu'il vous dit, ce vieux fou?... Vous voyez ben que la tête n'y est plus... Vot' père, ils est mort... Nous avons à la mairie la preuve écrite de son décès.

LUCIEN, *tristement.*

Ce qu'il dit est la vérité.

SIMON.

(*Attendez! semble dire Simon... Il regarde autour de lui et ses yeux rencontrent le portrait de sa femme.—C'est votre mère, leur dit-il.*)

LUCIEN.

C'est ma mère!... oui!

FROCHARD, *vivement.*

Tout le monde sait cela...

SIMON, *indiquant son anneau nuptial.*

(*C'était ma femme.*)

LUCIEN.

Votre femme!...

SIMON.

(*Ma femme, qui m'a suivi, vivandière, sur les champs de bataille... Plus tard, je l'ai ramenée ici.*)

LUCIEN.

Oui, elle était vivandière!. . oui, elle a suivi notre père!...

SIMON.

(*Moi.*)

GENEVIÈVE.

Et puis, elle est revenue... revenue près de nous... pour...

SIMON.

(*Pour y mourir!*)

LUCIEN.

Ah!... vous savez comment elle est morte?...

SIMON.

(*Je le sais.*)

MARIOTTE, *à Frochard.*

Dites donc, monsieur, c'en est une, d'indice, ça... (*Fr la repousse.*)

GENEVIÈVE.

Et cette mort?...

SIMON.

(*Il y a de cela onze ans.*)

LUCIEN.

Il y a onze ans!.. c'est vrai!

SIMON.

(*La pauvre femme, pâle, chancelante, était venue s'asse dans ce grand fauteuil.*)

GENEVIÈVE.

Oui, elle était là !

SIMON.

(*Elle priait. — Moi, j'ai pris les deux enfants par la m les ai conduits devant elle...*)

LUCIEN.

Notre père nous a conduits près d'elle, c'est vrai!

SIMON.

(*Je vous ai fait mettre à genoux...*)

GENEVIÈVE.

A genoux!

SIMON.

(*Toi, ici, et toi, là...*)

LUCIEN.

C'est encore vrai!

SIMON.

(*Et, pendant que moi-même je pleurais derrière ce fa elle étendit ses deux mains sur votre tête pour vous bénir bouche s'ouvrit pour parler... un dernier soupir s'échappa lèvres, et son âme s'envola vers Dieu!*)

GENEVIÈVE, *dans le plus grand trouble.*

Oui, oui! c'est bien ainsi que notre mère est morte!...

LUCIEN, *de même.*

Oui, ma sœur!... c'est ainsi!...

GENEVIÈVE, *regardant Simon, qui lui tend les bras.*

Lucien, Lucien! que faut-il penser?... mais parle-moi

LUCIEN.

Geneviève.. je...

FROCHARD, *vivement.*

Mais tout ce récit qu'il vous fait là, on me l'a fait cent moi!... ils étaient dix du pays présents à la mort de votre p mère, et tout le monde a pu raconter ses derniers momer

LUCIEN, *accablé.*

Il a raison!

MARIOTTE.

Eh ben... non, non!...

FROCHARD.

Hein!... (*A Simon.*) Si vous n'avez pas d'autres preu donner que tout ça...

SIMON.

(*Si fait!*)

LUCIEN.

Qu'est-ce donc?

FROCHARD.

Diable!

SIMON, *se redresse et s'approche de son fils.*

(*Quand tu étais tout petit, quand tu n'avais que sept ans*

GENEVIÈVE.

Sept ans!

SIMON.

(*Cherche dans tes souvenirs...*)

LUCIEN, *tremblant.*

Un souvenir de mon enfance?... lequel?...

SIMON, *avec dignité.*

(*Attends!...*) (*Il le prend par la main, le conduit vers le de chêne et lui fait signe de l'ouvrir.*)

LUCIEN, *hésitant.*

Que... que j'ouvre ce meuble?...

SIMON.

Oui! (*Il lui fait signe de prendre un livre.*)

LUCIEN.

Que... je... prenne un livre?...

SIMON.

(*Oui !*)

LUCIEN.

Le... lequel?

SIMON.

(*Le livre de prières.*)

LUCIEN.

Le livre de prières !... oh ! je crois comprendre !... (*Prenant livre.*) Le voici.. (*Simon le saisit et l'ouvre, puis il en montre e page à Lucien.*) Cette page !... c'est celle que mon... (*Simon montre la croix tracée sur le livre.*) Cette croix tracée par !...

SIMON.

(*Lis !*)

LUCIEN, *au comble de l'émotion.*

Les commandements de Dieu, ma sœur !...

GENEVIÈVE, *de même.*

Ah ! oui, oui !...

SIMON.

(*Lis !*)

LUCIEN, *lisant.*

Père et mère honoreras !... (*Poussant un cri.*) Ah ! il n'y a mon père et moi qui sachions ce secret !... c'est notre père, sœur, c'est notre père !... (*Il tombe en pleurant à ses genoux.*)

GENEVIÈVE.

Mon père ! mon pauvre père !...

LUCIEN.

Ah ! pardonnez-moi, pardonnez-moi de vous avoir si longtemps connu !... (*Simon le relève, et les presse tous deux dans ses s.*)

FROCHARD, *s'oubliant.*

Diable ! la partie est bien aventurée...

MARIOTTE, *bas.*

la crois perdue, not'maître.

FROCHARD.

Allons... j'vois décidément que je m'trompais... Mais, dites-, père Simon, est-ce qu'il n'y aurait pas moyen d'nous en-dre?

SIMON, *se levant.*

Moi !... transiger avec vous !... sortez, sortez à l'instant ! (Il montre la porte.)

FROCHARD.

h ! c'est la guerre que vous voulez !... Eh ben, j'l'accepte !... vous avertis que j'vous la ferai bonne ! (*A Mariotte.*) Allons ! -moi, toi !... (*bas*) et pas un mot de ce qui vient de se passer (*Il sort.*)

MARIOTTE, *le suivant.*

oi?... Est-ce que j'ai compris quéque chose?... J'suis si bête ! *e sort.*)

SCÈNE IX.

SIMON, LUCIEN, GENEVIÈVE.

N s'assied dans le grand fauteuil et attire les deux jeunes gens auprès de lui.

Parlez-moi, parlez-moi, semble-t-il leur dire.)

GENEVIÈVE, *avec expansion.*

ui, j'ai besoin de vous parler, mon père... j'ai besoin de vous que cet homme, ce Frochard, abusant de notre pauvreté, a 1 me forcer de devenir sa femme...

SIMON.

(*oi !... toi, sa femme !*)

GENEVIÈVE.

, si je l'ai repoussé, ce n'est pas seulement parce que je n'ai lui ni affection, ni estime... si j'ai refusé sa main... c'est 'aime...

SIMON, *montrant Lucien.*

ui !)

GENEVIÈVE.

i, lui, mon père ! (*Joie de Simon, qui se lève.*)

LUCIEN.

il y a si longtemps que cet amour-là est notre malheur !... comprenez-vous, mon père? désormais, nous ne sommes ttachés l'un à l'autre par cette chaîne légale, cette chaîne de fer, qui faisait de nous le frère et la sœur... Vous seul pouviez déclarer, vous seul pouviez prouver que Geneviève n'est pas votre fille... et vous voilà !... Dieu vous a rendu à notre amour !... Ah ! quand je pense que, ce matin encore, nous étions à prier pour vous, à pleurer votre mort... Tenez, mon père, il me semble que je deviendrai fou de joie et de bonheur !... (*Simon lui serre la main.*)

GENEVIÈVE.

Oh ! oui, oui, nous serons heureux !... Car, vous avez les preuves de ma naissance?

SIMON.

(*Moi?... non.*)

GENEVIÈVE, *inquiète.*

Mais vous les aurez... n'est-ce pas?... (*Simon hésite et semble chercher un moyen.*)

GENEVIÈVE.

Ah ! mon Dieu !... je tremble !...

LUCIEN.

Ces papiers... ces preuves... vous savez où les trouver?

SIMON.

(*Oui... là bas... à deux lieues.*)

LUCIEN.

A deux lieues d'ici?...

SIMON.

(*Oui... chez un homme qui écrit.*)

GENEVIÈVE.

Un homme qui écrit?...

LUCIEN.

Un homme de loi?...

SIMON.

(*Oui.*)

LUCIEN.

Un avoué?...

SIMON.

(*Non.*)

GENEVIÈVE, *vivement.*

Un notaire, peut-être?

SIMON.

Oui, oui ! (*Il remercie Geneviève de l'avoir compris, puis il cherche de nouveau le moyen de s'expliquer.*)

LUCIEN.

Le notaire vous remettra ces preuves?... il vous connaît?...

SIMON.

(*Non.*)

LUCIEN.

Vous avez du moins, pour lui, une lettre (*montrant Geneviève*) de son père?

SIMON.

(*Non.*)

GENEVIÈVE.

Mais mon père vous avait donné le moyen de faire constater ma naissance?

SIMON.

(*Oui.*)

LUCIEN.

Et ce moyen?

SIMON.

(*Il me l'a dit, je l'ai entendu, il s'est gravé dans ma tête, il est écrit dans mon cœur... mais je suis muet à présent, et je ne peux pas, je ne peux pas le dire !* (*Et le vieux soldat cache en pleurant sa tête dans ses mains.*)

GENEVIÈVE.

Oh ! mon Dieu ! tout est-il perdu?

LUCIEN, *prenant les mains de Simon.*

Voyons, voyons, mon père, il ne faut pas désespérer encore. (*Simon le regarde avec doute.*)

LUCIEN.

Ce que vous aviez à dire au notaire, est-ce une date? une époque?... vous pourriez lui faire comprendre cela

SIMON.

(*Non.*)

LUCIEN.

Est-ce un lieu convenu, pour y remettre cet écrit?... vous auriez pu l'y conduire.

SIMON.

(Ce n'est pas cela... (Puis, montrant le portrait de Catherine.) (Elle, c'est ta mère... Eh bien, sa mère, à elle... il faut que je la nomme!)

GENEVIÈVE.

Le nom de ma mère?...

SIMON.

(Oui, oui!)

LUCIEN, *avec effroi.*

Un nom!... un nom!... mais c'est impossible!...

SIMON.

(C'est impossible!) (Il retombe accablé sur le fauteuil.)

GENEVIÈVE.

Que dis-tu?...

LUCIEN, *allant à lui.*

Cherchez bien, mon père... y a-t-il ici, dans le pays, quelqu'un qui porte aussi ce nom?... quelqu'un que vous puissiez montrer du doigt, pour suppléer à la parole?...

SIMON.

(Non!... personne!)

GENEVIÈVE, *désespérée.*

Mais alors, il ne pourra pas nous sauver!... il ne le pourra pas!

SCÈNE X.

Les Mêmes, GERMOND.

LUCIEN, *allant à lui.*

Que désirez-vous?...

GERMOND, *au fond.*

C'est moi, monsieur... moi, qui viens remplir un devoir pénible... et vous signifier qu'à défaut de paiement de sommes importantes dues par vous... vous êtes sous le coup d'une expropriation immédiate.

LUCIEN.

Vous êtes donc?...

GERMOND.

Maître Germond... *(A ce nom, Simon relève tout à coup la tête.)* le notaire de monsieur Frochard. *(Simon se lève et va à Germond, étonné de ce brusque mouvement.)*

LUCIEN.

C'est mon père, monsieur... mon père, qu'une terrible émotion a privé de la parole. *(Simon demande à son fils que Germond répète son nom.)*

LUCIEN.

Je crois comprendre, monsieur, que mon père vous prie de vouloir bien répéter votre nom.

GERMOND.

Maître Germond. *(Grande joie de Simon, qui embrasse ses enfants.)*

SIMON, *à Germond.*

(Alors, vous avez dans les mains des papiers écrits par un général?)

LUCIEN.

Un général!... Mon père vous rappelle, monsieur, que vous avez dû recevoir le testament d'un général...

GERMOND.

Du général Roquebert?... *(Mouvement marqué de Simon.)* Est-ce un testament?... Je l'ignore... J'ai reçu, en effet, un paquet cacheté, et une lettre confidentielle... Cette lettre m'ordonnait de n'ouvrir le paquet qu'en présence du général, ou, à défaut de lui-même, en présence de la personne qui me dirait un nom... un nom qui a été placé sous la sauvegarde du ministère dont je suis investi, et que le général a confié à mon honneur... Ce que renferment ces papiers, nul ne le sait, nul n'a le droit de le savoir jusqu'au jour où le nom d'une grande famille sera prononcé devant moi, par l'envoyé de celui qui n'est plus. *(Simon lui fait comprendre que ce nom, c'est à lui qu'il a été confié.)* A vous!... privé de la parole!... *(Vivement, après une pause.)* Mais j'y pense!... ce nom, que vous ne pouvez dire... votre main peut le tracer!...

GENEVIÈVE, *avec joie.*

Ah!

LUCIEN, *de même.*

Mon père!...

GERMOND, *qui a pris une plume sur la table, et qui la lui pr*

Écrivez, monsieur, écrivez!... *(Désespoir de Simon, q la plume loin de lui et tombe sur une chaise.—Lucien et viève se pressent contre lui.)*

SCÈNE XI.

Les Mêmes, PICARD.

PICARD, *au fond.*

C'est ici que je dois trouver, m'a dit une brave fille, le ral Simon... *(A Germond qui est allé au-devant de lui.)* poral Simon, monsieur?...

GERMOND.

Le voici, monsieur.

PICARD.

Caporal Simon... je désire vous parler... à vous seul...

SIMON.

(A moi?)

PICARD.

Ce que j'ai à vous dire est important... et...

GENEVIÈVE.

Pardon, monsieur Picard, c'est que...

PICARD.

Laissez-moi faire, mamzelle... je crois que c'est une be nouvelle que j'apporte.

LUCIEN.

Nous vous laissons, monsieur Picard...

GERMOND.

Je me retire.

LUCIEN.

Monsieur... monsieur, encore un instant, je vous en con mon père n'est pas un imposteur... Dieu lui enverra pe un moyen de nous sauver.

GENEVIÈVE.

Daignez nous suivre, monsieur... et, si le ciel ne nous vi en aide, nous tâcherons, à force de résignation, de vous moins pénibles les mesures rigoureuses que vous avez à p contre nous.

GERMOND.

Tout à vous, mademoiselle... j'attendrai.

GENEVIÈVE.

Courage, mon père!... *(Ils sortent tous les trois gauche.)*

SCÈNE XII.

SIMON, PICARD.

PICARD, *après avoir déposé son fusil.*

Caporal Simon... on vous a accusé d'un vol que vous pas commis... *(Mouvement de Simon.)* Vous ne l'avez p mis, je le sais... je le prouverai... Oui, oui... je le prou et, s'il leur faut un coupable... eh bien... *(se frappant trine)* je leur en donnerai un.

SIMON.

(Me justifier!... vous?)

PICARD.

Ça vous étonne, que je vienne ainsi prendre votre parti mon devoir... Ça le serait, quand même je ne vous con pas... quand je n'aurais pas été soldat comme vous.

SIMON.

(Vous me connaissez?)

PICARD.

Souvenez-vous du 8 octobre 1807... souvenez-vous du vous aviez une pauvre petite fille bravement assise su sac, au milieu des balles... Souvenez-vous du chasseur q est venu en aide... et maintenant, mon vieux camarade dez-moi bien en face!

SIMON, *qui a été très-agité pendant tout ce qui précède, longtemps Picard; puis, il rappelle par signes que P reçu deux coups de feu dans la poitrine.*

PICARD.

Deux balles... en pleine poitrine... c'est ça même... tais d'abord évanoui... le sang m'étouffait... Je voyais, dais, mais je ne pouvais faire aucun mouvement... D' on ne me remarquait guère, vu qu'on venait d'apport rant le général Roquebert... même qu'il vous appela i... et auprès de moi, ma foi... Car, dans ce moment-là, le ral et le soldat ne valaient guère mieux l'un que l'autre .. *triste.)* Je me trompe... le soldat valait de plus les quelannées de malheur que le ciel lui donnait encore à vivre... otre pauvre général expira dans vos bras... *(Négligemment.)* les enseignes, qu'il vous dit un mot, un nom...

SIMON, *très-ému.*

ous avez entendu ce qu'il disait?)

PICARD.

i, j'ai entendu... *(S'excusant.)* Oh! bien malgré moi, je vous .. Mais. dame, je ne pouvais pas bouger...

SIMON.

t ce nom... est-ce que vous l'avez encore présent à la mée?)

PICARD.

je m'en souviens?... Ma foi, oui... parfaitement.

SIMON.

épétez-le, répétez-le!)

PICARD.

e je le dise?.... Si je me trompe pas, c'est Mina de sberg.

SIMON, *au comble de la joie.*

t vous consentiriez à le répéter, ce nom, devant tout le de?)

PICARD.

us me demandez si je prononcerais ce nom?... mille fois, vous oblige... Mais c'est pas pour ça que je suis venu, c'est ...

ON, hors de lui, serre les mains de Picard avec transport. ous parlerez, n'est-ce pas, vous parlerez?)

PICARD.

i, oui, je parlerai... je le promets. *(Et Simon s'élance la chambre où sont Lucien, Geneviève et le Notaire. Au moment, Frochard paraît sur le seuil de la porte et s'é- vers Picard.)*

SCENE XIII.

FROCHARD, PICARD.

FROCHARD, *à voix basse.*

moi, monsieur Picard, je vous défends de répéter ce nom!

PICARD, *se retournant.*

us!

FROCHARD.

vous défends de le prononcer!...

PICARD.

le prononcerai, monsieur!...

FROCHARD.

it... Mais, à mon tour, j'en dirai un autre!... celui du vo-... celui de votre fils!...

PICARD.

mon fils!... Ce n'est pas lui, monsieur, ce n'est pas lui!... preuve?

FROCHARD.

preuve, la voilà... cette lettre, qu'il m'a écrite lui-même, l'aveu de son crime.

PICARD.

n fils!... il a écrit cela!... Oh! le malheureux, le malheu-!

FROCHARD.

reviennent!... Secret pour secret... et souvenez-vous-en ...

SCENE XIV.

MÊMES, SIMON, GENEVIÈVE, LUCIEN, GERMOND. *(Frochard est remonté au fond.)*

SIMON.

re de joie, les amène et court à Picard, auquel il serre les s.)

LUCIEN, *très-ému.*

nsieur!... ce que nous a fait comprendre mon père, est-il

GENEVIÈVE.

-il vrai que ce nom, qui est notre salut, vous l'ayez entendu e lui?

PICARD, *troublé.*

Moi?

LUCIEN.

Est-il vrai que vous soyez prêt à le répéter?

SIMON.

(Parlez, parlez!)

PICARD.

Moi?... je... *(Frochard lui montre de loin la lettre. Après un combat silencieux.)* Je n'ai rien à dire.

TOUS.

Rien!...

SIMON.

(Saisi de stupeur, il semble dire : Tout à l'heure, là, vous me disiez que vous alliez parler, vous me l'avez promis, vous me l'avez juré. Et il montre ses enfants qui implorent comme lui Picard.)

PICARD, *à part.*

Il me brise le cœur!

GERMOND.

Si vous savez ce secret, monsieur, parlez, au nom de votre honneur!

PICARD, *ébranlé.*

Mon honneur!

FROCHARD, *vivement.*

Oui!.. au nom de cet honneur, que vous devez transmettre à votre fils!

PICARD, *à part.*

Mon fils!... mon fils!... *(Frochard lui montre de nouveau la lettre. Simon l'interroge du geste.)* Je n'ai rien à dire.

SIMON.

(Tout est perdu!)

SCENE XV.

LES MÊMES, MARIOTTE, POTICHON, UN HUISSIER, DES RECORS, GENDARMES, PAYSANS *et* PAYSANNES.

POTICHON, *accourant.*

Monsieur Lucien!...

MARIOTTE, *de même à Geneviève*

Ah! mamzelle, mamzelle!

POTICHON, *à Lucien.*

Un huissier!... des gens de justice!...

FROCHARD.

Qui viennent exécuter le jugement.

MARIOTTE, *à Geneviève.*

Et encore les gendarmes, qu'on a eu l'infamie de prévenir, et qui viennent arrêter c'brave homme!

PICARD.

L'arrêter!... lui!... *(A Frochard.)* Pour le coup, c'en est trop!... c'en est trop, monsieur!...

FROCHARD.

Hein!...

PICARD, *d'un ton ferme.*

Relevez la tête, mon brave camarade!... j'vas vous rendre l'honneur, moi!...

FROCHARD.

Vous oserez!

PICARD.

Si l'argent volé s'est trouvé dans son sac, à lui... c'est que je l'y avais mis, entendez-vous!... *(Aux gendarmes.)* Et si vous voulez connaître le voleur... *(prenant son fusil)* suivez-moi!.. *(Il s'élance au dehors, suivi des gendarmes. On entend un coup de feu. Tous se précipitent vers la porte.)*

GERMOND.

Mort!...

TOUS.

Mort!

FROCHARD.

Mort! *(A part.)* Personne ne dira plus ce nom maudit! *(Simon, resté seul au milieu du théâtre, tombe sur une chaise à gauche, le front sur la table. Ses enfants courent à lui.)*

ACTE IV.

Chez Taverny.

Un parterre, à l'entrée du château. — A droite, un pavillon avec perron. — Au fond, une grille, qui tourne à angle droit, descend vers le public, tourne de nouveau à gauche, et va se perdre dans la coulisse. Derrière la grille du fond, le parc : à gauche, la campagne. La porte de la grille est à gauche, au deuxième plan, et derrière cette porte est un banc de pierre. Au milieu du théâtre, un banc de jardin. Quelques chaises au bas du perron.

SCÈNE I.

FROCHARD, MARIOTTE.

FROCHARD, *en dehors de la grille.*

A deux lieues du village, à main droite... C'est bien ici, *(Il sonne.)*

MARIOTTE, *accourant.*

Voilà ! voilà !

FROCHARD.

Tiens ! c'est la Mariotte !...

MARIOTTE.

Qui qu'il faut annoncer, m'sieur ?...

FROCHARD.

Comment ! qui ?... est-ce que tu ne me reconnais plus, à c'te-heure ?

MARIOTTE.

Tiens ! c'est m'sieu Frochard !...

FROCHARD.

Voyons, ouvre-moi donc. *(Elle ouvre la grille et il entre.)* Ah çà, tu es donc chez monsieur Taverny ?...

MARIOTTE.

Depuis que vous avez chassé la famille Simon, j'ai vu que décidément j'étais trop bête pour rester chez vous... et je me suis offerte ici, chez les nouveaux maîtres du château... Comme y ne sont arrivés dans le pays que d'puis peu, la maison n'était pas au complet, et y nous ont pris, Potichon et moi... lui, comme domestique, moi, comme fille de basse-cour... Oui, c'est moi qu'est la femme de menage des poules... elles me ressemblent pour l'intelligence, nous nous comprenons, et ça va... Mais bien des pardons de ne pas vous avoir reconnu tout de suite... Dame ! je ne vous avais jamais vu en beau monsieur comme ça, avec un vrai chapeau.

FROCHARD.

Quand je viens chez un monsieur, dans un château, tu vois, je prends les beaux habits et les bonnes manières du grand monde...

MARIETTE, *le regardant.*

Oh ! oui, vous avez des beaux habits.

FROCHARD.

Et des bonnes manières.

MARIOTTE.

Oh ! pour ça, vous avez des beaux habits.

FROCHARD.

Que diable ! il est temps que je tienne mon rang... et, ma foi, je me suis débarrassé de la vieille défroque... Mais c'est pas tout ça qui m'amène... Monsieur Taverny ?...

MARIOTTE.

Oh ! ça regarde messieurs les domestiques, qui sont dans l'antichambre... moi, je ne suis que pour les poules... *(Criant.)* Eh ! messieurs les domestiques !

FROCHARD.

Il n'est donc pas au château ?

MARIOTTE.

Non... il se promène dans le parc.

FROCHARD.

Alors, va le prévenir toi-même... je l'attends ici...

MARIOTTE.

J'y vas, m'sieur... et puis, j'irai rejoindre mes poules... Oh ! qu'vous avez-t'y donc des beaux habits ! *(Elle sort.)*

SCENE II.

FROCHARD, *puis* TAVERNY.

FROCHARD.

Que diable ce monsieur Taverny peut-il me vouloir ?... Ça aurait-il rapport à la famille Simon ?... Oh ! non... Le garçon est parti pour Grenoble, où qu'on dit qu'il va chercher un gagement... le vieux et la petite ont quitté le village, y a qu jours, ils se promènent sur la grande route... et, quan seront bien fatigués de marcher comme ça, ils me rev dront, et... Ah ! v'là le châtelain.

TAVERNY, *entrant.*

Monsieur... Frochard...

FROCHARD.

Adjoint au maire.

TAVERNY.

Ma lettre a dû vous étonner, monsieur... car je n'ai l'avantage de vous connaître... Aussi, c'est à l'officier muni que je me suis adressé, et de qui je désire obtenir quelques seignements...

FROCHARD.

Parlez, m'sieur Taverny... C'est-y pour l'entretien des mins vicinaux ?.. C'te année-ci, les prestations en nature...

TAVERNY.

Non, monsieur,... les informations que j'ai à recueil concernent la famille de... ce général Roquebert, dont vous l'héritier...

FROCHARD.

L'unique, monsieur.

TAVERNY, *lentement, en le regardant.*

En êtes-vous bien sûr ?..

FROCHARD *effrayé.*

Hein !... *(A part.)* Attention, Frochard !

TAVERNY, *l'observant.*

Je crois savoir que le général a laissé une fille...

FROCHARD, *vivement.*

Connais pas !

TAVERNY.

Une fille, née...

FROCHARD.

En Allemagne !.. connais pas !.

TAVERNY.

Comment savez-vous qu'elle est née en Allemagne ?..

FROCHARD.

Dame ! ... c'est des bruits comme ça dans le pays.

TAVERNY.

Eh bien, c'est de cette fille, de cet enfant, que j'avais à entretenir...

FROCHARD, *à part.*

Comment ! encore un qui s'y intéresse !

TAVERNY.

Et vous pouvez me rendre un bien grand service, en m sant connaître le lieu et la date... de sa mort.

FROCHARD.

De sa mort !

TAVERNY, *vivement.*

Existerait-elle ?

FROCHARD.

Non pas !

TAVERNY, *appuyant sur chaque mot.*

Jamais la fille du général n'a paru dans le pays ?

FROCHARD.

Jamais !

TAVERNY.

Aucune trace de son existence ?

FROCHARD.

Aucune !

TAVERNY.

Si elle vivait dans ce pays... sous un nom, dans une c tion quelconque... vous le sauriez ?

FROCHARD.

Le premier !

TAVERNY, *à part, respirant.*

Ah !.. *(Haut et prenant tout à coup un visage plus en* Vous nous restez, n'est-ce pas, monsieur Frochard ?.. invité quelques voisins à dîner...

FROCHARD.

Ah ! monsieur !.. c'est ben de l'honneur !..

TAVERNY.

Oui, je veux animer ce château... Madame Taverny, qui fre d'une affection nerveuse, a besoin de distractions.

FROCHARD, *s'égayant aussi.*

s la distrairons, m'sieur Taverny, nous la distrairons... *t.*) Je mettrai mon écharpe .. (*Haut.*) Mais, si vous le per-, j'ai d'abord une petite course à faire dans les envi-

TAVERNY.

ment donc! à votre aise...

FROCHARD, *à part.*

antonnier, qui doit me donner des nouvelles de la petite... *nt.*) A bientôt, m'sieur Taverny...

TAVERNY.

s disons à six heures...

FROCHARD.

x heures!.. je serai ici à quatre heures moins un quart. *t à gauche.*)

SCENE III.

TAVERNY, *puis* MINA.

TAVERNY, *après une pause.*

n'existe plus!...

MINA, *sortant du pavillon.*

sieur Taverny...

TAVERNY, *se retournant.*

s, Mina!

MINA.

ce vrai, monsieur?... des invitations!... du monde ici!

TAVERNY, *lui prenant les mains.*

, ma chère Mina... Vous n'auriez pas co...enti à cette réu-, mais le docteur, que j'ai fait appeler ce matin, et qui est au château, m'a dit qu'il fallait faire violence à ces tris-obstinées, qui repoussent toutes consolations... et j'ai dû tromper.

MINA, *résignée.*

t bien, mon ami... c'est bien... Je recevrai ceux que vous nvités, et je m'efforcerai de leur sourire, je vous le pro-. S'il est, parmi tout ce monde, quelque heureuse mère, nt à tous les yeux sa joie et son orgueil... oh! je ne vous is pas d'avoir un regard pour la belle jeune fille sus-e à son bras... Non, ne me demandez pas un tel effort... à la mère, je tendrai une main aimée, et je prierai Dieu is d'épargner ce bonheur immense refusé à tant d'autres... le promets.

TAVERNY.

ous remercie, Mina, de ce que vous me dites là... j'aime voir, sinon moins triste, du moins plus calme... Mainte-écoutez-moi. (*Redoublant de douceur et de ménagement.*) litude était pour vous le plus cruel supplice, et vous par-z envier le sort des mères dont les enfants sont près de

MINA.

.. Car, si mon enfant était aux pieds d'un Dieu de miséri-il ne me resterait que le pieux souvenir, ce culte de tous ants, seconde religion des mères... (*S'animant.*) Mais, si iste... où est-elle?... dans la misère!... la souffrance!... onte!... Oh! c'est horrible à penser!...

TAVERNY.

ien... après onze années de larmes, n'en doutez plus, . la fille du général Roquebert est bien morte!

MINA.

e! (*Elle tombe sur le banc et se couvre la figure de ses*)

TAVERNY *debout, lui tenant les mains.*

ne console pas une mère qui pleure son enfant... on res-a douleur, et on laisse couler ses larmes. (*Il lui baise le t s'éloigne.*)

SCENE IV.

SIMON, GENEVIÈVE, *puis* MARIOTTE. (*Geneviève pa-à gauche, derrière la grille, soutenant Simon qui chan-*)

GENEVIÈVE, *effrayée.*

père!... mon père! .. qu'avez-vous donc? (*Simon se tomber sur le banc extérieur, en portant la main à sa poi-*) Ah! mon Dieu!... une ancienne blessure, peut-être!

SIMON.

.)

GENEVIÈVE.

vient de se rouvrir!...

SIMON.

(*Là!*)

GENEVIÈVE, *à genoux près de Simon.*

Et personne!... personne!... Ah! cette grille!... si j'osais?.. je ne puis laisser expirer mon père! (*Elle sonne.*)

MARIOTTE, *accourant.*

Voilà!... voilà!

GENEVIÈVE.

Mariotte!...

MARIOTTE.

Ah! bah!... mamzelle Geneviève!... Le père Simon!... (*Elle ouvre.*)

GENEVIÈVE.

Du secours! vite, du secours, Mariotte!... mon père souffre!

MINA, *relevant la tête.*

Qu'est-ce?... que se passe-t-il?

MARIOTTE, *allant à Mina.*

C'est ce pauvre cher homme, madame, qui vient de tomber là, sur ce banc!... (*Mina fait quelques pas.*) Et puis, cette brave jeune fille...

MINA, *s'arrêtant et détournant les yeux.*

Une jeune fille!... (*A Mariotte.*) Appelez, mon enfant, qu'on vienne à leur secours!... qu'on avertisse le docteur, qui est au château... hâtez-vous!

MARIOTTE, *pendant que Geneviève prend soin de Simon.*

Oui, madame, oui... (*Appelant.*) Eh! messieurs les domestiques!... par ici! (*Deux domestiques accourent.*) Vite! soutenez ce brave homme, et conduisez-le jusqu'au médecin... c'est madame qui l'a dit... (*Pendant que les domestiques emmènent Simon.*) Eh! doucement donc, imbéc... (*se reprenant*) Messieurs les domestiques!

GENEVIÈVE, *de loin et presque à voix basse.*

Oh! merci, madame!... merci, ma bonne Mariotte! (*Les domestiques sortent par la droite, derrière le pavillon, en soutenant Simon, qu'accompagne Geneviève.*)

SCÈNE V.

MINA, MARIOTTE.

MINA.

Vous connaissez donc ces malheureux?...

MARIOTTE.

Oui, madame, certainement... c'est des braves gens, qu'on a chassés d'leur maison...

MINA.

Chassés!

MARIOTTE.

Tous... le père, le garçon, la jeune fille... un ange de bonté, de douceur, quoi!... Ah! si vous la connaissiez, madame!... ben sûr que vous vous intéresseriez à elle.

MINA.

Moi!

MARIOTTE.

Eh! tenez, la voilà.

SCENE VI.

MINA, GENEVIÈVE, MARIOTTE.

MARIOTTE, *allant à Geneviève, qui s'est arrêtée près du perron.*

Eh bien?... comment que ça va?...

GENEVIÈVE.

Le médecin m'a assuré que ce ne serait rien... mais un pansement était nécessaire, et il m'a éloignée.

MARIOTTE, *allant à Mina.*

Ce ne sera rien, madame... Mais ils sont bien malheureux, allez... chassés de chez eux, que je vous dis!... sans asile... (*plus bas*) et p't-être sans pain!...

MINA.

Ah!... (*Elle tire sa bourse, qu'elle remet à Mariotte, sans tourner la tête.*) Donnez... donnez-lui.

MARIOTTE.

Oh! bien des mercis, madame!... (*Elle va pour présenter la bourse à Geneviève. Celle-ci, qui s'était assise au bas du perron, se lève, la regarde : Mariotte s'arrête interdite.*) Lui faire comme ça l'aumône?... c'est que je n'ose pas, moi... (*Retournant à Mina, et à demi-voix.*) Madame... vaudrait mieux p't-être... que ça soye vous-même... (*Mina reprend la bourse. Mariotte fait signe à Geneviève d'approcher, et Mina lui tend la bourse, sans la regarder. Geneviève semble blessée d'abord; mais, réprimant aussitôt son mouvement, elle se baisse, sans toucher à la bourse, et baise la main de Mina, qui tressaille tout à coup.*)

MARIOTTE, *bas et timidement.*

Vot' bourse... ce n'est peut-être pas assez.. Y me semble... quoique je sois bien bête... y me semble qu'un regard de bonté et de compassion...

MINA, *à part.*

La regarder!... la . (*Elle fait un effort sur elle-même, et regarde enfin Geneviève.*)

GENEVIÈVE.

Pardon, madame... mais mon père... peut être inquiet... et je vous demande la permisssion...

MINA, *les yeux fixé sur elle, et d'une voix émue.*

Non... restez .. restez !... (*A Mariotte, sans cesser de regarder Geneviève.*) Allez dire à son père qu'elle est ici, près de moi... allez !

MARIOTTE.

Oui, madame. .. (*A part, en sortant.*) Tiens ! tiens !

SCENE VII.

MINA, GENEVIÈVE.

MINA, *regardant toujours Geneviève.*

Mon Dieu!... mais pourquoi donc cela?... Depuis onze ans, vous le savez, mon Dieu! c'est la première fois que je regarde ainsi un autre visage.. que le visage inconnu de mon enfant!...

GENEVIÈVE, *à elle-même.*

Que de bonté, que de douceur dans ses yeux!

MINA.

Vous vous nommez, mademoiselle?...

GENEVIÈVE.

Geneviève.

MINA.

Répétez ce nom.

GENEVIÈVE.

Geneviève, madame...

MINA, *à elle-même.*

Mon Dieu!... mais c'est la première fois que j'écoute ainsi une autre voix que le cri douloureux de mon cœur!... (*La prenant par la main.*) Venez... venez... là, près de moi... je vous en prie. .

GENEVIÈVE, *s'asseyant.*

Je n'ose...

MINA.

Et parlez-moi, parlez-moi encore.

GENEVIÈVE.

Que vous dire, madame?

MINA.

Oh! n'importe!... Si vous étiez riche, et que vous vissiez passer une pauvre mendiante ayant faim, ayant froid, vous lui donneriez, n'est-ce pas?...

GENEVIÈVE.

Oh ! oui, certes !

MINA.

Il est dans ce monde, Geneviève, d'autres souffrances que la misère et la faim... Si l'on vous disait : Voilà une malheureuse femme qui, depuis onze ans, n'a pas cessé un seul jour, un seul instant, de souffrir, de pleurer!... et que votre voix, ainsi qu'une musique céleste, pût seule bercer et endormir sa douleur... est-ce que vous refuseriez de parler pour cette pauvre affligée?.. non, n'est-ce pas?... Eh bien, cette femme, elle est là, devant vous, éprouvant un charme inexplicable à vous regarder et à vous entendre... elle est là, elle vous écoute!... parlez donc, parlez encore, parlez toujours!

GENEVIÈVE.

Vous, madame!... vous avez pleuré, vous avez souffert!... peut-être même, en ce moment!...

MINA.

Non... puisque vous parlez, et puisque j'écoute.

GENEVIÈVE.

Est-ce que... Oui, je crois comprendre!... vous avez sans doute perdu quelqu'un qui vous fut cher!...

MINA, *avec force.*

Oui!... ma fille, entendez-vous!... ma fille, qui aurait aujourd'hui votre âge!... que je serrerais dans mes bras, comme je vous... (*La repoussant doucement.*) Non!... je ne peux je n'ai pas le droit de voler votre mère!...

GENEVIÈVE, *tristement.*

Ma mère?...

MINA.

Vous l'avez encore, n'est-ce pas?... et elle vous aime bie

GENEVIÈVE.

Je ne l'ai jamais connue, madame.

MINA, *relevant tout à coup la tête, et tremblant d'émotio*

Jamais!. . vous n'avez jamais connu votre mère, dites-vo

GENEVIÈVE.

Non, madame... Mais, mon Dieu! qu'avez-vous donc?

MINA, *respirant à peine.*

Oh! il ne faut pas avoir peur de moi... parce qu'il y moments... où je suis folle. . (*A elle-même.*) Oh! oui folle, en effet!... (*A Geneviève.*) Cependant, cette mère. vous n'avez jamais vue... quelqu'un a dû la connaître, o en parler!... oh! dites, dites!...

GENEVIÈVE.

Jamais... ni à moi... ni à mon frère.

MINA, *retombant accablée.*

Ah! vous avez un frère?... je vous disais bien, je suis

GENEVIÈVE.

Mon frère, qui est parti et qui ne revient pas... il est Grenoble... pour s'engager, dit-on, et nous envoyer le p sa liberté!... (*Avec énergie en se levant.*) Oh! non, non veux pas!... plutôt mourir de faim!...

MINA, *la suivant.*

Oh! taisez-vous! taisez-vous!...

FROCHARD, *paraissant à la grille, et appelant un domesti*

Hé! mon garçon!... (*Le domestique vient lui ouvrir.*)

GENEVIÈVE, *le reconnaissant, et avec effroi.*

Encore lui!

MINA.

Qui donc?

GENEVIÈVE, *se levant.*

C'est l'homme qui nous a chassés!...Oh! sa vue me fa

MINA.

Eh bien!... venez... suivez-moi... puis, je reviendra mon mari de le congédier... venez! (*Elle l'entraîne à dans le pavillon.*)

FROCHARD, *les regardant sortir.*

Tiens! tiens!... Geneviève, avec la dame du château!

SCENE VIII.

FROCHARD, LE DOMESTIQUE, *puis* SIMON *et* TAVER

FROCHARD, *au domestique.*

Dis donc, mon garçon ... qu'est-ce que cette jeune fil

LE DOMESTIQUE.

Cette jeune fille?... elle s'est présentée ici avec son p Des vagabonds, des mendiants, que madame a recueillis.

FROCHARD, *à part.*

Ah! ah!... vagabondage et mendicité. (*Taverny par Simon, qui semble chercher autour de lui.*)

TAVERNY.

Votre fille?... C'est ici que vous l'avez laissée, mo homme?... (*Au domestique.*) Etienne, appelez. (*Le do sort.*)

FROCHARD, *avec douceur, à Simon.*

Ah! vous allez dire encore que je vous persécute...mai c'est votre faute, aussi... je suis adjoint au maire, et... comme la mendicité est interdite dans le départe

SIMON.

(*La mendicité!...*)

TAVERNY.

Pardonnez-moi, monsieur Frochard, d'intervenir da affaire... mais, la fortune dont je jouis, je l'ai acquise vant les armées d'une autre époque. . et une part de c tune revient de droit aux vieux soldats que je rencontre et infirmes. (*Simon le regarde avec étonnement et reconna*

FROCHARD, *à part.*

Mais quoi qu'il a donc de si intéressant, ce vieux fant

TAVERNY.

Oh! ce n'est pas moi qu'il faut remercier, mon ami. *ton pénétré.*) Ce sont eux, nos vieux camarades, qui revu le ciel de la France, et dont le souvenir m'a touj ê... Vous serviez dans... quelle brigade?... (*Simon indique s doigts le chiffre du régiment.*)

TAVERNY.

atrième brigade!... Vous avez donc servi sous les ordres néral Ferrier, aujourd'hui en retraite?...

SIMON.

i... oui!..)

TANERNY, *plus triste.*

s... et plus tard, après lui... un autre... (*Après une pause, eant de ton.*) Eh bien, monsieur Frochard?...

FROCHARD, *gaîment.*

bien, monsieur Taverny...

SIMON, *insistant.*

n autre, avez-vous dit?...)

TAVERNY.

autre?... le meilleur des amis... le brave Roquebert... l'avez connu aussi?...

SIMON.

otre ami!... à vous!... ah! oui! je me rappelle à présent!...)

TAVERNY.

is, vous-même... cette émotion, au seul nom de Roquebert!..

FROCHARD, *à part.*

ble! ça va mal!...

TAVERNY.

'était-il donc pour vous?...

SIMON.

us qu'un ami!... une idole!... un Dieu!... C'est dans mes qu'il est mort!)

TAVERNY.

rt dans vos bras!...

SCÈNE IX.

LES MÊMES, MINA.

, qui allait vers Tavernior, s'arrêtant au bas du perron.

'est-ce donc?

SIMON, *vivement.*

ais, alors, vous serez son soutien?... son défenseur?...)

TAVERNIER.

emble implorer ma protection... pour qui?...

FROCHARD.

ur lui sans doute... pour lui-même, pardieu!

SIMON.

on... non!... mais lui... celui qui portait des épaulettes... ée... qui commandait à tous... celui qui est mort...)

TAVERNY.

général Roquebert... je comprends bien...

MINA, *à part.*

quebert!... que signifie?

TAVERNY, *tristement.*

is le général est mort, mon pauvre ami...

SIMON.

ais l'enfant!... la fille du général!...)

TAVERNY.

fille!... (*A ce mot, Mina laisse échapper un cri; Taverny à elle, lui saisit la main, qu'il ne lâche plus, et à demi-*) Silence, madame!.. (*Il lui montre Frochard. Simon, qui marché vers Frochard, comme pour le prendre à témoin de ence de Geneviève, s'est retourné au cri de Mina. Il s'a- vers elle, et la regarde avec étonnement.—A Simon, d'un ef.*) Madame Taverny!... ma femme! (*Simon semble dire: la connais pas.*) C'est bien, mon brave, c'est bien... mon- l'adjoint vous pardonne.

FROCHARD.

, oui, certainement!... certainement!

TAVERNY.

rai soin de vous... Allez, laissez-nous.

SIMON.

ais, vous ne m'avez donc pas compris!... l'enfant!... sa

MINA, *bas, et toujours comprimée par Taverny.*

nsieur! monsieur!... regardez-le donc!

TAVERNY.

bien! quoi?... le général a eu un enfant... je le sais... *trant Frochard.*) Monsieur lui-même, le sait... mais cet !...

FROCHARD.

enfant est mort!

SIMON.

(Non!)

TAVERNY, *à part.*

Vivante!

MINA, *d'une voix étouffée.*

Ma fille! ma fille existe!

FROCHARD, *à part.*

Me v'là ruiné!

SIMON.

(Eh bien? — Avez-vous compris?) (*Silence général.*)

MINA, *tremblante.*

Il vous demande, monsieur, si vous avez compris?...

FROCHARD, *à part.*

Pardieu!... Et que trop! (*Tous les regards sont fixés sur Taverny.*)

TAVERNY, *après un instant de réflexion, d'un ton calme.*

Non.

FROCHARD, *à part, se redressant tout à coup.*

Non?...

MINA.

Mais, monsieur!

TAVERNY, *à Simon.*

Je ne vous comprends pas.

SIMON.

(Ah! malheureux!... plus de parole!... et mes gestes, mes regards sont impuissants!... (Cherchant autour de lui.) Mais où est-elle? où est-elle donc?)

TAVERNY.

Calmez-vous... Vous avez sans doute quelque importante révélation à me faire... peut-être un service à me rendre... (*Le congédiant et voulant emmener sa femme.*) Eh bien, plus tard, mon ami, plus tard...

SIMON.

(Non! (Il fait de nouveaux efforts. Il montre l'enfant, jeune encore, confiée à lui-même. Il raconte le combat, où, portée sur son dos, elle riait au milieu des balles qui sifflaient à ses oreilles. Puis, il montre l'enfant grandissant peu à peu, et devenant une belle jeune fille. Alors, s'adressant à Taverny, il semble lui demander encore : Avez-vous compris?)

TAVERNY, *implacable.*

Je ne vous comprends pas.

MINA, *bas.*

Mais, monsieur, c'est ma fille, ma fille!

TAVERNY, *avec force.*

Je ne vous comprends pas! (*Simon semble s'accuser lui-même, se frappe la poitrine avec rage et tombe assis accablé sur une chaise à gauche.*)

MINA.

Ah! c'en est trop!... (*Elle va parler.*)

TAVERNY, *l'arrêtant, et bas.*

Madame!... songez à mon honneur!

MINA.

Oui, votre honneur, monsieur!...

TAVERNY, *bas.*

Et à votre serment, madame! (*Elle baisse la tête.*)

FROCHARD, *à part.*

Ah çà, quel intérêt a-t-il à ne pas comprendre?...

TAVERNY, *haut.*

Mais voici l'heure où nos invités vont arriver... Allons, monsieur Frochard... (*Le prenant à part.*) Vous désirez que cet homme quitte le pays?... je le veux aussi!...

FROCHARD, *étonné.*

Vous!...

TAVERNY.

Qu'on lui donne de l'argent, tout l'argent qu'il voudra... mais qu'il parte!... (*Il va auprès de Mina.*)

FROCHARD, *à part.*

Il est avec moi!... C'est pour le coup que je n'y suis plus du tout!

TAVERNY.

Monsieur Frochard, allez m'attendre dans mon cabinet... moi, j'ai quelques ordres à donner.

FROCHARD, *sur le perron.*

Ah! j'finirai par y voir clair! (*Il entre dans le pavillon.*)

SCENE X.

SIMON, MINA, TAVERNY *puis*, GENEVIÈVE, *ensuite* FROCHARD.

TAVERNY.

Et vous, madame...

MINA, *s'assurant rapidement que Frochard s'est éloigné, et s'élançant vers Simon, avec éclat.*

Antoine Simon !... qu'avez-vous fait de ma fille?... (*Simon se relève tout à coup et la regarde.*) Car j'ai compris, moi !... Je suis mère, j'ai compris !

SIMON, *hors de lui.*

(*Quoi! cette femme voilée, qui est venue me confier un enfant!...*)

MINA.

Une femme voilée ?... Oui, c'était moi !... Où est-elle? qu'est-elle devenue? où faut-il aller? où faut-il vous suivre?... Emmenez-moi ! partons !

SIMON.

(*Mais vous l'avez vue!... ici!*)

MINA.

Ici !... c'était elle !... (*Geneviève paraît sur le perron du château. Simon court la prendre par la main, et la met en face de Mina, qu'il lui montre, en pleurant de joie.*)

GENEVIÈVE, *troublée.*

Mon père ! qu'avez-vous donc ?... vous pleurez !... Que voulez-vous donc me dire, mon père?

MINA.

Il te dit... il te dit que je suis ta mère !

GENEVIÈVE.

Ma mère !... (*Elle se jette dans les bras de Mina, tandis que Simon, se découvrant et tombant à genoux, semble s'adresser à Dieu et à son général.*)

FROCHARD, *paraissant tout à coup à la fenêtre du pavillon.*

Sa mère !...

TAVERNEY, *à part, pendant ce mouvement.*

Elle l'a revue !... mais pour la dernière fois !... Nous partirons dans une heure !

ACTE V.

Un salon chez Taverny. — Pans coupés. — Portes de tous les côtés. — A droite, une table. — A gauche, un bureau.

—

SCÈNE I.

MARIOTTE, DOMESTIQUES, *tous chargés de malles, cartons, etc. puis* TAVERNY, *ensuite* POTICHON.

MARIOTTE, *aux domestiques.*

Mais dépêchez-vous donc !... les chevaux de poste viennent d'arriver, on les attelle... portez tout ça sur la voiture. (*Les domestiques emportent les bagages, précédés de Mariotte.*)

TAVERNY, *qui a paru à droite pendant ce mouvement.*

Oui, ce parti était le seul que l'honneur me permît de prendre... Un départ... une séparation... (*Les yeux fixés sur une porte du côté gauche.*) Une séparation... qui sera éternelle !... Non, Mina, vous ne la reverrez jamais... (*S'approchant de la porte indiquée, qu'il pousse légèrement.*) Elles sont là... pleurant ensemble.., pauvres femmes !... (*Il les regarde un instant, puis, allant au bureau.*) Il le faut! il le faut !... (*Un domestique revient, apportant différents objets, qu'il dépose sur la table à droite et se retire. Mariotte, rentrant du fond, va prendre ces objets.*)

MARIOTTE.

V'là encore un tas d'affaires pour la voiture... Ah çà, où est donc Potichon ?

POTICHON, *entrant par la gauche.*

On y va !... (*Montrant des pistolets, dont il présente le bout à Mariotte.*) Où qu'il faut mettre ça?

MARIOTTE.

Ça ?... (*Détournant les pistolets de sa figure.*) Otez donc ça d'là !

POTICHON, *les bras tendus, présentant toujours les pistolets par le canon.*

Y disent que c'est pour le voyage, et qu'y sont chargés...

MARIOTTE.

Mais on n'présente pas comme ça par le bout...

POTICHON.

Si fait... puisqu'ils sont chargés...

MARIOTTE.

Mais raison d'plus... ça ne se tient pas comme ça.

POTICHON.

Merci !... (*Les tournant vers sa poitrine.*) Faut p't-ê j'les tienne comme ceci ?... Quand ils ne sont pas chargé dis pas... mais chargés, (*il les tourne vers elle*) toujours ça.

TAVERNY, *cessant d'écrire.*

C'est bien... portez tout cela dans la voiture et laiss

POTICHON *et* MARIOTTE.

Oui, m'sieur.

FROCHARD, *paraissant au fond, à droite, et les arrêta* Un instant!...

TAVERNY, *étonné.*

Monsieur Frochard !...

FROCHARD.

Ne vous hâtez pas de charger tout c'tas d'bagages... P ben qu' monsieur changera d'avis.

TAVERNY.

Que signifie ?... que dites-vous, monsieur ?...

FROCHARD, *bas, en le prenant, à part.*

J'dis que, si nous pouvons nous entendre, nous ga tous les deux ce que nous aimons le mieux... moi, ma fo vous, vot' honneur.

TAVERNY, *à Potichon et à Mariotte, qui se sont un pe chés pour écouter.*

Suspendez ces préparatifs... on vous appellera tout à

POTICHON *pose les pistolets sur le bureau à droite, et s Mariotte, en simulant avec les poings la manière de pistolets.*

Toujours comme ça, Mariotte... toujours comme *sortent au fond, à gauche.*)

SCENE II.

TAVERNY, FROCHARD.

TAVERNY, *vivement.*

Parlez, monsieur, parlez !

FROCHARD.

Eh bien ! voilà... Tôt ou tard, ce damné muet moyen d'faire mettre au jour les papiers du général... piers-là, c'est ma ruine... mais, Dieu merci! c'est a déshonneur.

TAVERNY.

Monsieur !...

FROCHARD, *appuyant.*

Dieu merci! c'est aussi vot' déshonneur... Eh ben. pend de madame vot' femme et de mam'zelle Genevi dépend d'elles que tout ça s'arrange.

TAVERNY.

D'elles ?... (*A part.*) Je crois que je devine .. (*Haut.*) vous donc, monsieur Frochard. (*Il lui montre une ch laquelle Frochard se place, puis il va entr'ouvrir la port indiquée plus haut.*)

FROCHARD, *à part.*

Quoi qu'il fait donc ?...

TAVERNY, *revenant à Frochard, et s'asseyant auprès d* Vous disiez ? . .

FROCHARD.

J'disais... que j'aime mamzelle Geneviève... Eh b madame vot'femme use de son influence sur la petite fin qu'elle m'épouse...

TAVERNY.

Vous?.. (*A part.*) C'est bien cela.

FROCHARD.

Alors, plus de danger que le Simon recherche la mèr neviève, pour lui faire rendre une fortune, qu'elle aura mains... elle reste fille du soldat... vous restez honoré, j'reste riche.

TAVERNY, *se levant.*

Oui... je vois... je comprends. (*Se tournant vers l*

he et élevant la voix.) De cette façon, point d'éclat, de dale...

FROCHARD, *à part.*

de restitution!

TAVERNY, *regardant toujours la porte entr'ouverte.*

ien ne nécessite plus notre départ... rien ne m'empêche de voir quelquefois... souvent même... le riche monsieur chard et... sa jeune femme...

FROCHARD.

, tandis que nous allons nous promener, bras dessus, bras ous, nous laissons un brin jacasser ensemble la fille et ....

TAVERNY, *l'interrompant et le prenant à part.*

puis être certain que jamais...

FROCHARD.

n'vous trahirai ?... mais je ne le pourrais point sans me er... pas plus qu'vous n'pourriez m'ôter mon bien, sans y lre vot' honneur... car nous sommes créés pour nous aimer l'autre, mon bon monsieur Taverny... *(Il lui tend la n.)*

TAVERNY, *froidement.*

onsieur...

FROCHARD.

ben... voyons... est-ce convenu ?

TAVERNY.

on consentement ne suffirait pas, il faut celui de... *(Il rde vers la chambre de sa femme.)*

FROCHARD.

ous l'aurons.. nous aurons tous les consentements.. pis c'est le bonheur de tout l' monde que j' propose:

TAVERNY.

... cette jeune fille... vous l'aimez, n'est-ce pas?...

FROCHARD.

petite?... Je l'ai d'abord aimée pour elle... ensuite, pour rtune... à c'te heure, et depuis qu'on me l'a refusée, j'sens j'l'aime pour moi... y m' la faut, j'la veux... J'l'aurai.

TAVERNY.

lmez-vous... nous tâcherons de réussir... J'essayerai.

FROCHARD.

nez, allons trouver le notaire... qu'il prépare le contrat, et ste viendra après, si vous le voulez ferme.

TAVERNY.

bien, soit... *(Se tournant vers la gauche et élevant la .)* Et que le ciel inspire à tous une heureuse résolution! *sortent par la droite.)*

SCENE III.

A, GENEVIÈVE, *puis* SIMON, LUCIEN. *(Mina entre la emière; elle va au fond, s'assure que Frochard et Taverny se nt éloignés, et revient au moment où Geneviève paraît.)*

, *s'asseyant et tendant les bras à sa fille, qui vient s'agenouiller devant elle.*

l'as entendu, ma fille!... Ma vie est dans tes mains!... , prononce!... Tu n'aimes peut-être pas cet homme... il t'aime, lui!... Il te donnera le bien-être, la fortune... et .. moi, je te donnerai tous mes baisers, toutes mes caresses, mon amour!... Mais c'est le bonheur cela, ma fille, c'est heur!

GENEVIÈVE, *après un effort.*

bien!... vous serez... *(mouvement de Mina)* tu seras euse, ma mère.

MINA.

! merci! merci!... Et je puis te le dire, maintenant que voie de salut nous est ouverte... s'il m'avait fallu te e encore, toi que j'avais retrouvée après tant de larmes et oisses... je n'aurais pas survécu à cette nouvelle sépara- ... *(Simon et Lucien paraissent au fond. Ils s'arrêtent et ent.)*

GENEVIÈVE.

! tu vivras, ma mère, tu vivras!...

LUCIEN, *bas à Simon.*

mère!... c'est elle?...

SIMON.

i.)

MINA, *qui s'est levée.*

Et tu ne regretteras pas ce sacrifice?...

GENEVIÈVE, *après un nouvel effort.*

Non...

MINA.

C'est sans effroi, sans amertume... Car, si tu n'aimes pas cet homme... tu n'en aimais... *(frappée d'une idée)* tu n'aimes personne, n'est-ce pas, mon enfant?...

GENEVIÈVE, *de même.*

Personne .. personne, ma mère.

LUCIEN, *bas à Simon.*

Vous l'entendez, mon père!

MINA.

Ah! je respire!...

SIMON.

(Elle ment! elle ment!)

GENEVIÈVE.

Et, quand j'eusse aimé quelqu'un... ne te dois-je pas, à toi, onze années de tendresse, de dévouement!...

MINA.

Ma fille... ils attendent ma réponse...

GENEVIÈVE.

Dis-leur que je suis prête, ma mère...

MINA.

Oh! merci! merci!... *(Elle l'embrasse et sort par la gauche, sans voir Simon et Lucien.)*

SCENE IV.

GENEVIÈVE, LUCIEN, SIMON.

GENEVIÈVE, *seule sur le devant, éclatant en sanglots.*

Lucien!... je t'ai aimé pour elle et pour toi jusqu'à ce jour... Adieu, Lucien!... c'est le tour de ma mère, à présent! *(En disant ces mots, elle s'est retournée et se trouve en face de Simon et de Lucien.)* Lui!... lui!... Oh! si tu savais, Lucien!...

LUCIEN, *très-calme.*

Je sais tout, Geneviève... Je revenais de la ville, presque heureux d'avoir été refusé comme soldat, lorsque j'ai rencontré mon père, qui m'a dit le bonheur que le ciel t'avait envoyé... je suis accouru vers toi... et j'ai entendu... Je sais maintenant quel sacrifice on t'impose.

GENEVIÈVE.

C'est à toi, Lucien, de m'absoudre ou de me condamner... Prouver à tous que je ne suis pas ta sœur, c'est la honte, c'est la mort pour ma mère... Est-ce que je peux la tuer, Lucien?... Accepter ce mariage qu'on me propose avec... monsieur...

LUCIEN, *froidement.*

Avec monsieur Frochard, n'est-ce pas?

GENEVIÈVE.

Accepter ce mariage, c'est assurer son bonheur, à elle.. l'avenir de ton père... non... *(tendant les mains à Simon)* de notre père.

SIMON, *les yeux fixés sur les yeux de son fils.)*

(Je ne veux rien, moi... rien!...)

GENEVIÈVE.

Réponds-moi, Lucien... prononce!...

LUCIEN.

Il faut accepter, Geneviève... c'est un devoir sacré, et le devoir accompli donne de la force, de la résignation... et regarde, moi-même... je suis calme... Je ne me croyais pas tant de courage... Va... va, Geneviève... tu diras à ta mère que tu consens...

GENEVIÈVE.

Oui, oui... Adieu, Lucien!...

LUCIEN.

Adieu, ma sœur!... *(Elle va pour sortir, revient sur ses pas; Lucien lui serre la main.)*

GENEVIÈVE.

Adieu!... *(Elle sort, Lucien s'efforce de retenir ses larmes.)*

SIMON, *s'élance vers lui, le prend dans ses bras et semble lui dire: (Mon fils! tu peux pleurer maintenant!...)*

LUCIEN, *cessant de se contenir.*

Ah! vous avez compris ma douleur!... vous avez deviné mes tortures!... *(Avec désespoir.)* Mon père, je ne peux pas vivre sans elle!... j'aime mieux mourir, mon père, j'aime mieux mourir!... *(En disant ces mots, il est tombé assis, près du bureau se trouvent les pistolets, qu'il aperçoit en relevant la tête, et qu'il regarde d'un air sombre.)*

SIMON. (*Le regard de Simon a suivi celui de Lucien, il a compris la pensée de son fils; une profonde douleur se peint sur ses traits; il tombe à genoux devant son fils, et tend les mains vers lui, comme pour lui dire:)*

(*Et que deviendrai-je, moi, quand mon dernier fils aura cessé de vivre?)*

LUCIEN, *à part.*

Il m'a deviné!... (*Haut.*) Qu'avez-vous, mon père?..

SIMON.

(*Ces pistolets, que tu regardais... quelle était ta pensée?...)*

LUCIEN, *avec un calme apparent.*

Ce Frochard ne me prend-il pas tout mon bonheur... toute ma vie?... Depuis quand la pensée d'un duel est-elle si terrible pour un soldat?...

SIMON.

(*Un duel!... tu veux te battre avec lui!... c'était cela?...)*

LUCIEN.

Oui... Mais j'ai tort... sa mort ne me rendrait pas ce que j'ai perdu... Nous partirons, nous partirons ensemble, mon père...

SIMON, *avec joie.*

(*Viens! partons à l'instant!*)

LUCIEN.

Non!... laissez-moi la voir une fois encore, mon père... c'est la dernière... (*A part, avec intention.*) Oui, la dernière fois!

SCENE V.

LES MÊMES, TAVERNY, FROCHARD, *puis* MINA *et* GENEVIÈVE.

TAVERNY, *rentrant du fond.*

Je suis bien aise de vous trouver ici, monsieur Simon, ainsi que votre fils... j'allais vous faire appeler.

SIMON.

(*Moi?*)

FROCHARD.

Oui, vous... n' faut-y pas qu' vous soyez présent à la signature du contrat de vot' fille?

SIMON.

(*Elle n'est pas ma fille.*)

FROCHARD.

Bon... bon .. nous nous entendons à merveille...

LE DOMESTIQUE, *annonçant.*

Monsieur Germond!

LUCIEN, *à part.*

Déjà!

TAVERNY.

Approchez, monsieur le notaire... L'acte est prêt?

GERMOND.

Oui, monsieur... (*Le posant sur la table.*) Le voici.

FROCHARD, *vivement.*

En ce cas, donnez!... je signe, et d' bon cœur!... (*Le n l'arrête et lui montre Geneviève qui vient de rentrer avec M*

LUCIEN, *bas à Simon, avec effroi.*

Mon père!... Est-ce qu'elle aura le courage de signer?.. *neviève, tremblante, se soutient à peine; Frochard va à lui présente la plume; Mina, qui la voit faiblir, lui sais main sans être vue.)*

MINA, *bas et suppliante.*

Ma fille!... ma fille bien aimée!... (*Simon a quitté so pour s'approcher de Geneviève, qu'il observe d'un air agité*

GENEVIÈVE, *bas.*

Pour toi!... pour toi, ma mère!... (*Elle prend la plume vers la table.)*

LUCIEN, *à part.*

Ah! c'est fini!... c'est fini!... (*Il prend, sans être vu, u pistolets. — Bas.*) Adieu, Geneviève!... (*Il arme le pistolet, tourne vers son cœur. — Simon, qui regarde en ce moment d côté, s'élance vers lui, les bras étendus, l'œil hagard. — Il s l'arme, qu'il détourne au moment où elle part, un cri s'éch de sa poitrine : — Il parle.)*

SIMON.

Malheureux!...

LUCIEN.

Mon père!... (*Tout le monde entoure Simon, qui est tomb une chaise en proie à l'émotion la plus vive.*) Mon père!... je bien entendu?

SIMON, *se rendant compte de la révolution soudaine qui s'es rée en lui.*

J'ai parlé!... j'ai parlé!... (*Il tombe à genoux, puis se r tout à coup, court vers Germond et lui dit:*) Mina de Rantzt

GERMOND, *avec force.*

Ce nom!... c'est celui...

SIMON, *bas.*

Chut!... (*Haut.*) Ce nom, c'est le nom.. (*montrant Genev de sa mère...* (*regardant Mina et Taverny, qui l'écoutent anxiété. — Il ajoute :*) qui est morte!

GERMOND.

Alors, ces papiers!... que je puis ouvrir maintenant!...

SIMON.

La reconnaissance... de son père... de son père seul!

FROCHARD, *au fond.*

Allons! faudra reprendre mon marteau de casseur de pie

SIMON, *allant prendre le contrat, qu'il déchire.*

Vous êtes libres, enfants!... on ne vous volera, ni votre ritage, ni votre bonheur!

FIN.

Paris. — Typ. Morris et Comp., rue Amelot, 64.

www.ingramcontent.com/pod-product-compliance
Ingram Content Group UK Ltd.
Pitfield, Milton Keynes, MK11 3LW, UK
UKHW020227200726
13856UKWH00004B/1646